Sonya
ソーニャ文庫

放蕩貴族の結婚

秋野真珠

イースト・プレス

contents

序章

父、アルカナ・ベルトラン侯爵の葬儀《そうぎ》は、僅《わず》かな部下と娘のみで粛々《しゅくしゅく》と行われた。

国でも一、二を争う広大な領地であるベルトラン領の領主で、元宰相でもあった父の葬儀としては、小さすぎるものだったかもしれない。

しかしそれが、故人の希望でもあった。

領地の領主館でのひっそりとした葬儀が終わると、一人娘のジョアンナ・ベルトランはすぐさま王都へ戻された。

父を亡くした悲しみに浸《ひた》る間もなかったが、王命だと言われれば逆らうことも難しい。

ジョアンナは十歳の頃から国王を後見人として王宮で暮らしていたからだ。

あまり人目に付きたくない理由のあるジョアンナは、信頼できる僅かな護衛や侍女とと

もに王宮へ帰り、後宮に与えられた自室で王を待った。

領主であった父が居なくなれば、当然ジョアンナが跡を継ぐ。であれば、今までのように王の庇護《ひご》のもと、王宮で隠れて暮らすのではなく、領地に戻らなければならないはずだ。

ジョアンナが生まれた時、父はすでに若くはなく、先年、病に罹《かか》ったと知らされてからは別れを意識し、覚悟もして準備をしてきたつもりだ。

人前に出たいと思ったことは一度もないが、父から教えられた領主の仕事は、ジョアンナが引き継ぐべき大事な使命とも受け止めていて、やり遂《と》げるつもりで努力もしてきた。

それなのに出鼻《でばな》を挫《くじ》かれた形になり、ジョアンナは驚き、いささか不満も持っていた。

「陛下がいらっしゃいました」

入口で控えていた侍女に告げられて、ジョアンナはこの国の王であり、自身の後見人でもあり、さらには兄のように慕《した》う相手が部屋に入って来るのを待った。

「──すまなかったな」

部屋に入ってジョアンナの前に座るなり、王は謝罪した。

その謝罪が、父の葬儀の直後に呼び戻したことに対するものなのか、ジョアンナの覚悟に水を差したことに対するものなのかは、わからない。

ジョアンナがこの王宮に来た時、王は二十八歳という若さですでに国中から尊敬と羨望《せんぼう》、

そして忠節を向けられるに相応しい君主だった。

その時十歳になる直前だったジョアンナは、父から離されて不安で仕方がなかったが、そんな少女に対し、王はある時は優しく、ある時は厳しく接し、ジョアンナを一人前の淑女にすべく導いてくれた。

そんな王だからこそ、ジョアンナは本当の兄のように慕ったのであり、君主として忠誠を誓うことにも迷いはなかった。

ジョアンナのために心を砕いてくれているのがわかっているから、王のすることに不満を持ったことは一度もない。

だからこそ、その王が突然こんなふうに謝罪をしてきたことに、憤《いきどお》りよりも疑問が湧いた。

何かあったのか――ジョアンナはそう思い、緊張した。

今年三十八歳を迎えた男盛りの王は、柔軟な思考に加えて行動力もあり、切れ者としても有名だ。常に国をより良い方向へと導く努力を怠《おこた》らない素晴らしい人でもある。

さらには愛妻家でもあり、王妃ただひとりを愛し、息子ふたりに恵まれ、現在は国内で諍《いさか》いもなく、特に問題など見当たらないように思えた。

何を言われるのか、と身を固くしていたジョアンナの姿を、険《けわ》しい表情でじっと見ていた王は、ようやく口を開いた。

「アルカナ――お前の父より、遺言《ゆいごん》を預かっている」

「――え」

「受け取ったのはずいぶん前――もう二年前になるか。その頃にはすでに自分の病を知り、後々のことまで考えていたのだから、さすが策謀《さくぼう》の忠臣と呼ばれたアルカナらしいが」

父が領地に戻り、領主の仕事に専念するようになったのは、ジョアンナが生まれてからだった。

それまでは、若くして宰相にまでのぼり詰めたあと、国の中枢でその手腕を発揮していた。

先代の王が病で退き、今の王が予定よりも早く王位を継いだ時も、右腕として信頼されていたことから、未だ王宮には父を尊敬する政務官も多いと聞く。

ジョアンナが幼い頃に王宮に預けられたのも、この王の側が一番安全だと父がわかっていたからなのだろう。

父と王は、師弟のような関係だったとジョアンナも聞いている。

その父が、自分の死を見越して、王に何かを託してもおかしくはない。

ジョアンナは緊張しながらも、父の遺言を待った。

王は厳しい表情を改めることなく、真剣な眼差しをジョアンナに向けた。

「――ジョアンナ・ベルトラン。お前の結婚が決まった」

「――」

「ベルトラン侯の後継者はジョアンナただひとりだが、正式に領主となるには次の条件を満たさなければならない。遺言書にはそう書かれてある」

ジョアンナが息を呑んでいるうちに、王はただまっすぐ、ジョアンナだけを見て続けた。

ひとつ、領民のため、国のために尽くす領主となると誓うこと。

ひとつ、結婚し、伴侶《はんりょ》を得ること。

ひとつ、さらなる後継者をもうけること。

王の言った条件は、簡単なもののように聞こえた。

ひとつ目の条件については、ジョアンナはすぐに頷くことができる。

領地経営については父から教わっていたし、領民のため、国のために尽くすようにと常に言い聞かされてきた。

しかし、ふたつ目の条件はどうか。

さらに、最後の条件はどういうことか。

ジョアンナが驚愕《きょうがく》に震え、その小さな口から何も言葉を出せないままでいるのに対し、王は待たなかった。

「お前の伴侶となる男は決まっている。ディレスト・マエスタス――私の従弟《いとこ》であり、マエスタス公爵の嫡男だ。婚礼の日取りはこれより十日後。この王宮の礼拝堂で行う。見届け人は私と王妃が務める。婚礼に伴う諸々の準備はこちらで整えてあるので、お前は気持ちの準備をしておくように」

王はすべてを淡々と告げると、用は終わったとばかりに部屋を出て行った。

残されたジョアンナは、王を見送るために立ち上がることもできず、倒れないでいることに必死だった。

頭の中では先ほどの言葉が駆け巡り、必死で意味を理解しようとしている。

気持ちの準備をしておくように――

その言葉が、王の優しさだったと気づくのは、ずいぶん後になってのことだった。

一章

私の顔は呪われているのだと思う。

ジョアンナ・ベルトランは幼い頃からそう思ってきた。
幼少期に二度誘拐《ゆうかい》され、未遂《みすい》を入れると両手の指の数では足りないほどになる。
顔が駄目なのだ。
この顔が、人を狂わせる。父もそう思ったのだろう。ある日、仮面を渡された。
それ以来、ジョアンナは人前で仮面を外したことはない。
どんなに親しくなろうとも、ひとりきりだとわかる場所以外で外したことはなかった。
それが亡き父との約束であり、自分を守る唯一の術《すべ》だとも知っていたからだ。
娘を護るために、父はジョアンナがまだ幼い頃に王宮へ預けた。

それからずっと王宮の最奥、一番護りの堅い場所である後宮に部屋を貰い、暮らしている。

十八歳になってからは、後宮の外、王宮内の公の場所にも出るようになったけれど、稀《まれ》なことだ。

そもそもジョアンナは貴族の一員なのに、社交界にも顔を出していない。

後見人となっている王がそれを了承しているため、ジョアンナは王の厚意に甘えて隠れるようにして生きてきた。

ジョアンナにとっては、華やかで煌《きら》びやかな生活をするよりも、ひとりで本を読んだり勉強をしているほうが楽だったからだ。

それでもどうしても人前に出なければならない時もある。

しかしそんな時は、王自らが選んだ護衛を付けてくれるから、安心していられた。

常に仮面を付けて、後宮に引き籠《こも》っている女。

そんな奇妙な女が、社交界でどんな噂になるのかなど、少し想像しただけでもわかる。

ジョアンナの夢は、父の領地を継ぎ、発展させていくことだった。

そのために父から領地管理の仕方を習っていたし、王にも教えを乞《こ》うていた。

領地を治めるには、後宮に引き籠って勉強しているだけでは駄目だとも思っていた。

だから、いくら社交界が苦手でも情報だけは耳に入るようにしていたし、たまに後宮か

ら出た時には人の顔を覚えるようにもしていた。

つまり、ジョアンナでも知っていたのだ。

自分の夫になるという、ディレスト・マエスタスという男のことは。


ディレストを初めて見たのは、二年ほど前だったと思う。

王が、王妃とサンルームでお茶会を開くと言うので、久しぶりに後宮から出て参加した帰りのことだった。

普段ジョアンナはお茶会や夜会に呼ばれても最後まで残ったりはしない。

最低限の時間だけを過ごし、王に了承を得て後宮に戻る。

それは自分を護るためであったが、周囲の人間を護るためでもあった。

その日、サンルームからさほど離れていない広い廊下の一角に、ディレストがいた。

ひとりではなかった。

彼は周囲にたくさんの女性を侍《はべ》らせていた。

「――あの方は、ディレスト・マエスタス様。マエスタス公爵の嫡男です」

仮面の下の視線が向いたのがわかったのだろう、後ろに控えていた侍女がそっと教えてくれて、ジョアンナはなるほどあの方が噂の、と妙に納得した。

彼は社交界で、女性からは博愛主義者、男性からは放蕩者《ほうとう》と評される人物だった。

窓から差し込む光に煌めく明るい金髪に、整った顔立ち。加えて、王の従弟という立場。

確かに、女性の気を引くのに必要なものはすべて持っているようだ。

だから常に女性に囲まれるのも頷けるし、その女性たちの顔ぶれが毎度変わっている理由もなんとなく想像できる。

ただ、あんな軽薄《けいはく》そうな人をどうして王は放置しているのかしら、と視線が冷ややかなものになるのをジョアンナは止められなかった。

すぐ近くの部屋に王と王妃がいるというのに、そしてそれを知らないはずはないのに、何故ここで女性たちとたむろしているのか。

ジョアンナには不快しか感じられず、すぐさま離れようと踵《きびす》を返した。

「――まぁ、仮面姫だわ」

ちょうど彼らに背を向けた時、そんな声が聞こえた。女性の声だ。

ジョアンナに聞こえても構わないと思っているのだろう、声はひそめられていない。

ジョアンナはベルトラン侯爵家の娘であって、姫と呼ばれる立場ではないのだが、社交界で自分がなんと呼ばれているかは知っていた。

そしてその呼び名が、賛辞《さんじ》にあたるわけではないのも知っている。

「なんて愛想のない方」

「社交界にも出てこられないような方ですもの、仕方ないのでは？」

「王の庇護を受けていると言っても、あんなご様子ではとても寵妃《ちょうひ》には……」

「彼女は寵妃ではないよ」

嘲笑《ちょうしょう》する女性たちの声を遮るように聞こえたのは、涼やかな男性の声だった。その場にいた男性はディレストしかいないから、彼の声なのだろう。

彼の言うように、ジョアンナは王の寵妃ではない。

それは自分自身がよくわかっている。

麗しい恋人を望む普通の貴族令嬢が抱くような夢も持たず、王に異性として可愛がってもらいたいと考えたこともない。

ジョアンナはできるだけ、そんな色づいた世界からは離れた場所で生きていたかった。

しかしそんなことを、会話どころか挨拶《あいさつ》すらしたことのないディレストに言われたくなかった。女性に囲まれて満足している彼が、ジョアンナの何を知っているというのだろう。

ジョアンナは心に棘《とげ》が生まれたような気持ちになって、早足でその場から去った。

ジョアンナが彼を覚えていたのは、その時の出会いがそれだけ印象的だったからだ。

彼はずっと独身だから、不倫をしているわけではない。

けれど妻だけを愛していた父を理想とするジョアンナにとって、彼のような多情な男性は好ましくない。

──はっきり言って、嫌いだわ。

とはいえ、王に命じられたこの結婚を断ることなどできないのは、重々承知している。しているからこそ、ひとり落ち込んでいるのだ。

よりにもよって──どうしてあの人でなければならないのか。

王に尋ねればよかったのだが、それ以上に、後継者になるために出された条件に狼狽え、茫然としている間に王はいなくなっていた。

今のジョアンナは怒るというよりも、気持ちが塞《ふさ》いでいた。

そんなジョアンナの代わりに怒っていたのは、侍女のカリナだ。

「──まさか！　まさか陛下がそんな非道なことを言い出すなんて！」

ジョアンナが王宮に預けられてからずっと側にいて心の支えにもなってくれているカリナは、亡き母が生きていれば同年代だろう。

彼女の夫は、王の腹心で騎士団長でもあるロベルト・クレーマンだ。

子供のいない彼らはジョアンナを我が子のように可愛がってくれて、ジョアンナもまた、彼らを第二の家族と思っていた。

カリナは普段、決して侍女としての立場を忘れるようなことはないが、ジョアンナが

理不尽な目にあったり、いわれなき中傷に晒された時には、今のように感情を露《あら》わにし、ジョアンナの代わりに怒ってくれる。

怒りの矛先《ほこさき》がこの国の王であってもそれは変わらないらしい。そして、王の近くにいながら、それを止めなかった夫にまで怒りが飛び火し始めている。

「まったく、私の大事なジョアンナ様になんて仕打ちをなさるのか！　まだお父上様のご葬儀が終わったばかりで心の傷も癒えていないというのに！　ロベルトもいったい何をしているのかしら！」

そのまま夫のもとへ鉄拳《てっけん》を振り下ろしに行きそうな勢いだったので、ジョアンナはそっと声を掛けた。

「いいの――カリナ、いいの。陛下はちゃんとお時間をくれたもの……結婚さえすれば、私は領地に行って、父の跡を継げるの。それが叶うなら、それくらいやってのけるわ」

――やってのけられるの？

自分でそう口にしながらも、同じ強さで疑問を感じていた。

それはカリナにも伝わったのだろう。

きっと本心では納得できていないのだ。それを、長く側にいるカリナは気づいているようだが、自分のことでもどうにもできないことはある。

けれど、自分の心さえ抑え込めば、望む未来があるというのだから、ジョアンナはその

気持ちに蓋《ふた》をした。

「そもそも、先方はこのことに納得なさっているのでしょうか？」

同じように納得していなかったカリナにそう言われ、ジョアンナは初めてその可能性もあることに思い至った。

「……でも陛下が決められたことだから、先方も断るとは思えないけれど……。そうよね、あちらだって寝耳に水の話よね」

「陛下のご命令とはいえ、結婚となれば本人だけでなく、家の問題でもあります。簡単に事が進むとは思えません。それに何より、陛下が結婚を決められたのは、アルカナ様のご遺言があったからです。そのようなこちらの都合の結婚にあちらが素直に従うとは――もちろん、陛下のご命令を断ることはできないのが前提ですが。それでも、あの放蕩者のディレスト様が素直に結婚を承諾なさるとは……」

カリナの言葉に、ジョアンナは何度も頷いた。

人の薦《すす》めで結婚することなど、貴族社会ではよくあることだ。しかしだからこそ、結婚後に現れる認識の齟齬《そご》によって、夫婦関係が崩《くず》れてしまうというのもよく耳にする。

だが、ジョアンナが求めている結婚相手は、条件を満たすためだけの男だ。

この際、相手がこの結婚をどう思っているのかはさておき、彼はジョアンナに協力してくれる人なのだろうか？

——あの、ディレスト・マエスタスという人は。

社交界で数々の浮名を流してきた彼が、夫婦という関係に納得するだろうか？

王の命令では逃げられないからと誓約書には署名してくれるかもしれないが、後継者を作ることは拒むかもしれない。

そうなって困るのは、ジョアンナだ。ジョアンナはなんとしても、そして一刻も早く、父から提示された条件を満たし、領地経営に没頭したいのだから。

ジョアンナは必死に頭を働かせる。

「……ディレスト様は、結婚させられて、どう思うかしら？」

後継者は、ジョアンナひとりでは作れない。

それくらいのことは、男女の関係に疎《うと》いジョアンナにもわかっている。

不安を見せたジョアンナに、カリナは少し考えただけで、あっさりと言った。

「——協力はしてくださるのではないでしょうか」

「そうかしら？」

「ええ——ジョアンナ様が領主となるために必要な条件は、伴侶と後継者。これだけです。その伴侶とどのように生活をするかは、ご遺言には記されていなかったのでございましょう？　でしたらそのあたりはこちらの裁量で決めてもいいということ。もともと、浮名を流すことに躊躇《ためら》いもなく、女性が大好きでいらっしゃるディレスト様ですから、ジョアン

ナ様に対し、嫌悪感を抱くなどという反応はまずないでしょう。心を求めず、条件を満たしたのちは、自由を約束するとおっしゃったら、簡単に納得するのではないでしょうか」

「つまり――」

この結婚は、条件を満たすための、契約結婚と思えばいいのだ。

ジョアンナにもカリナの言いたいことがわかった。

「ディレスト様は、これまでにもいろんな方と噂になっていらっしゃるようだけど、結婚を希望されているわけでないのは、私も前に出向いたサロンで耳にしているわ。だからこそ、結婚は不本意でしょうけれど、私としてはこれまでと同じ生活をしてもらっても構わないし、むしろ彼の平穏のためにもそうしたほうがいいと思うから、それをお伝えして納得していただければいいのね。私もそれなら願ったり叶ったりだわ」

「そうですね」

カリナの同意を得て、ジョアンナもほっとした。

ジョアンナがこれから生きていきたい場所は、王都ではない。

貴族の中には、領地のことは家令や領地代理人に任せ、一年の大半を王都で暮らす者もいるが、ジョアンナはかつての父のように立派な領主となって、領地で暮らしていきたいのだ。

もう、王都に――王宮に戻って来ることはないだろうとも思っている。

これまでは、王宮で暮らしていたことにも加えて、庇護してくれる王の体面を保つためにもしばしば社交界に顔を出していたが、王都から遠い領地で暮らすようになれば、今よりは社交をする必要もなくなるだろう。

貴族である以上、まったく付き合いを失くすわけにはいかないだろうが、それでも必要最低限に留めたいのがジョアンナの本音だ。

そんなジョアンナとは対照的に、ディレストは社交に重きを置いているようだ。

ベルトラン領は広大な領地であるとはいえ、そのほとんどは農地。つまり田舎だった。王都と違い、綺麗な店や劇場といった華やかで人の集まる場所はないし、彼が遊ぶようなところも見るべきところもない。

果たして、王都で遊びなれたディレストがそんなところで暮らしたいと思うだろうか。

ジョアンナは領地で静かに暮らし、ディレストは王都で華やかに暮らす。

名ばかりの夫婦となってしまうけれど、お互い納得しているなら問題はないだろう。

そう考えると、数々の浮名を流すディレストが相手で良かったのかもしれないと、ジョアンナは父が亡くなって以来、初めて前向きな気持ちになれた。

ジョアンナはさっそく、この最良な提案に同意してもらうためにディレストと会うことにしたのだった。

＊

ディレスト・マエスタスの初恋は、十歳の時だ。

とはいえ、その時の相手は覚えていない。

けれど、その初恋の相手に夢中だったのは覚えている。それがディレストの理想となっているのだから。

以来彼は、理想の女性を探すために生きていると言っても過言ではない。

もちろん、これまで付き合ってきた相手を不幸にしたことはないし、するつもりもない。

いろいろな女性と関わるうちに博愛主義者だとか放蕩者と言われるようになったことも知っているが、これまで誰かを傷つけたことはない。

付き合う相手はちゃんと選んでいるつもりだからだ。

父は公爵であるが、直轄する領地は持たない。しかし結婚祝いという名目で、家族から渡された資産が多く、裕福すぎる生活ができるのは確かで、つまりディレストは遊んで暮らしても不自由することもない家に生まれついた。

いずれ父の跡を継ぐのだろうが、領地もないため名ばかりの公爵だ。

マエスタス家は複雑な立場にあった。

ディレストは王の従兄弟だった。

父は先代国王の異母弟であり、年齢が現国王に近かったため、貴族たちの権力争いに巻き込まれそうになり、当時は後継者問題に苦労したようだ。

もちろん、父は王位に興味を持たなかったため、早々に臣下となり公爵位を授かり、その意思をはっきりさせるため、王位継承権を放棄していた。

そして両親と同じく、ディレストも王位など興味はないし、継承権もなくて良かったと思っている。

だから権力を放棄することを王への忠誠の証とし、マエスタス家は領地を持たない公爵家であり続けているのだ。

ただ、王家との付き合いは親密で、家族のような関係は保たれており、ディレストと王は実際に兄弟のように仲の良い従兄弟だ。

従兄を見ていると、国を導き、纏《まと》め上げるということはつくづく大変なことだと思う。

それを涼しい顔でやってのける王をディレストは心から尊敬している。自分は決して真似できないだろう。

ただ、何かがあった時には力になりたいと思うくらい、大事には思っていた。

その従兄である王が、いつもと変わらない気軽さでディレストを呼び出し、いつもの私的な部屋でさらりと言った。

「ディレスト、お前の結婚が決まった」

「——は？」

あまりにもあっさりとした口調だったので、一瞬言われた意味を理解できなかったが、王はそんな冗談を言うような男ではない。

二度瞬き、聞き間違いではないのかと、言われたことを反芻《はんすう》するが、王は間違えてなどいないとばかりに続けてくる。

「お前もそろそろ身を固めるべきだ。遊び歩いてばかりいたら、叔父上の名に響く。それに、この結婚はお前にとって悪くないものになるだろう」

「——えええーと従兄上《あにうえ》、ちょっとお待ちください？　僕の聞き間違いでなければ、結婚とおっしゃいました？　僕の？」

「お前の結婚だ。こうしてふたりで話しているのに、他の誰かの話をしてどうする」

「いや！　いやいやいやそうですがそうではなく！　どうしました従兄上！　いったい何故いきなりそんなことを!?　僕が何かしでかしましたか!?」

「——しでかしたと言えば、これまでの放蕩の限りをしでかしたと言うのだろうが……しかし私は、お前の幸せも願っているんだ」

「今でも充分幸せですが！　顔を逸らさないでくださいⁱ⁉　そもそも、結婚を勝手に決めてしまうなど、いくら従兄上でも——その、両親にも伺いを立てなければ」

ディレストの焦りは、まったく相手には通じていないようだ。

まるで天気の話をするようないつもの雰囲気で、なんでもないただの世間話のひとつでもするくらいの様子だったのに、王から放たれた言葉は人生を一変させてしまうような劇薬そのものだ。

気心の知れた仲の良い従兄弟だったはずだが、ディレストは一瞬で目の前の男のことがわからなくなり、不安に陥《おちい》った。

前に同じような混乱に陥ったのがいつだったか思い出せないくらい、自分でも久しぶりに動揺したが、それでもなんとかして強制的な結婚という事態だけは回避せねばと口を開こうとしたところで、王が差し出したのは一枚の紙だ。

「ふたりの了承なら貰っている。ほら」

そこには見覚えのある字で、理解したくない内容が簡潔に綴《つづ》られていた。

妻となる方を助け、粉骨砕身《ふんこつさいしん》するように
「…………」

読み直すほどの長文ではないが、理解などしたくない一言だった。

妻？

妻って――誰だ!?

苦々《にがにが》しい気持ちでその紙から目を背けると、王はそれがなんでもないことのように言う。

「結婚相手はベルトラン侯爵家の令嬢だ」

「ベルトラン侯爵……」

そう言われ、ディレストは頭の中で貴族名簿をめくり、気がついた。

目を見開き、大きく瞬く。

「それは――」

ディレストにとってまったく、予想もしていない相手であった。

「仮面姫ですか？」

王宮を辞して公爵家の屋敷に帰るなり、ディレストは王に言われたことを侍従であるクラウス・アンカーに告げると、彼は確かめるように繰り返した。

「まさか――本当に？」

「確かめたが、間違いではないようだ」

普段冷静なクラウスが戸惑う気持ちもわかる。ディレストも同じように、王に何度も聞き直して確かめたからだ。

しかし王の言葉に間違いはなく、ディレストの結婚相手は、確かにベルトラン侯爵家の令嬢、ジョアンナであるようだった。

この国の社交界で、ジョアンナ・ベルトランの名を知らぬ者などいない。

ジョアンナは、国の食糧庫とも呼ばれるヴェルト平原を含む広大な領地を持つ侯爵家の一人娘だ。

彼女の父であるアルカナ・ベルトランは元宰相であり、知略に優れ、長く王の右腕としてその手腕を発揮していた。

その後アルカナは、国政は王に任せても大丈夫と判断し、これからは領地をもっと繁栄させたいとそちらに戻り、奥方が亡くなった後も、一領主として粛々と領地の管理をしつつ、一人娘を育てていた。それがある日突然、その溺愛していた娘を王宮に預けた。

十歳にも届かない幼い少女だったジョアンナは、父親のもとを離れて王宮の奥深くで隠されるようにして育てられることとなった。

その頃、ちょうど結婚したばかりの王は二十八歳。その少女の後見人となり成長を見守っていたようだが、その意図は誰も推し量ることができなかった。

しかしジョアンナが成長するにつれ、また、何故か社交界に顔も見せないことから、あ

る噂が立ち始める。

彼女は実は、王の側室として迎えられるため、成人するまでの間、王のもとで育てられることになったのではないか、というものだ。

二十八歳と十歳では少々外聞が悪いが、三十八歳と二十歳ならば貴族の結婚として特におかしくはない。

情が移りやすいように、と早くに引き合わせたのではないか。これはアルカナの策謀ではないか。そのような噂が社交界に瞬く間に広がった。

けれど、それを王に直接確認する無粋《ぶすい》な者はおらず、また、ジョアンナが王以外の者に引き合わされることがなかったから、噂は余計に真実味を帯びた。

さらに、ジョアンナの姿が人々の好奇心を駆り立てている。

あまり人前に出ることのないジョアンナだが、国が催す行事には姿を見せることがある。王都で開催される建国祭であったり、王が主催する祝いの会では、挨拶をするために姿を現すのだ。

その姿は、ひどく奇妙なものだった。

ジョアンナは――顔の上半分を覆う仮面を付けていたのだ。

その素顔は、きっと王しか見たことがなく、仮面の下には一度見たら忘れられないような美貌があるから、顔を隠すように言われているのだ、とまことしやかに囁《ささや》かれている。

ジョアンナは、決して人前でその仮面を外すことはない。

ディレストは一度、なんとはなしに王に聞いたことがあった。

『彼女はどうして仮面を付けているのです？』

純粋に不思議に思ったからだったのだが、その返事は簡潔だった。

『必要だからだ』

あまりにあっさりとした答えに、だからこそ王の強い意志を感じ、それ以上問いただすことができなかったのをよく覚えている。

きっと深い事情があり、しかしいずれ、王の決めた者へと嫁ぐのだろう、と思っていたのだが――まさかその彼女が自分にあてがわれるとは。社交界で数々の浮名を流し、色恋に関して経験豊富を自負しているディレストでも予想外だった。

「いったい、何故、ディレスト様にかの姫を？　いったい陛下は何をお考えになってそのようなことを……」

眉を顰《ひそ》めるクラウスの気持ちは、よくわかる。

滅多に人前に出さないような掌中の珠だ。大切な存在であることは間違いない。

それをディレストに与えるなんて、と王の考えを測りかねているのだろう。

ジョアンナにまつわる噂には、もうひとつ、やっかみが込められたものがあった。

つまり、顔を見せないジョアンナの仮面の下には醜《みにく》い痕があり、それを隠している、と。

アルカナはそんな娘を憐れみ、彼女の行く末を心配し、王を頼ったのではないかという、悪意あるものだ。

その可能性があることを考えたとしても、時折姿を見せるジョアンナは、美しい女性だった。

あれはいつのことだったか、ディレストが王宮の廊下でご婦人たちに囲まれていた時だった。

奥の部屋、サンルームでは王と王妃が久々に茶会を開いてゆっくりしていると聞いていた。あまり早くに出向いて、仲の良いふたりの邪魔をしても悪いと、ディレストはあえて時間をずらしたのだが、その途中でご婦人方に声を掛けられ、立ち話をしていた。

ふと、婦人たちのなかの誰かが、「仮面姫」を見つけた。

おそらく彼女も、サンルームのお茶会に参加した帰りなのだろう。

すらりとした肢体に、飾り気のない落ち着いたドレスがよく似合っている。漆黒の髪は豊かで緩やかな癖《くせ》があり、それを上品に纏めていた。白い肌にはその漆黒の髪がよく映えている。

顔の上半分を覆う仮面は白銀で、よく見れば細かな模様のある上質なものだった。絶世の美貌を隠しているのだと言われても納得できる、気品のある雰囲気。

ジョアンナは王の側室となってもまったく不思議のない姿をしていた。

それもあって、ディレストの周囲にいた女性たちはジョアンナに嫉妬《しっと》し、悪意ある噂を流すのだろう。

ただディレストは、ジョアンナが側室になることはあり得ないだろうと思っていた。王妃がジョアンナを妹のように可愛がっていたからだ。

王はそんな相手を側室にするような人間ではない。

もし、なんらかの理由があって、王が側室を迎えねばならない時は、おそらく王妃と繋がりのない者を選ぶだろう。女性の心は不思議なもので、同じような人間を選んでしまうと、どうして自分だけでは駄目なのかと、不満を感じてしまうことがある。王もそういった女心は知っているだろう。

そもそも側室を迎えることになるはずはないと思いつつ、王と王妃の仲睦まじい様子を思い浮かべながら、ディレストも仮面姫と呼ばれる者に顔を向けると、その仮面から覗く瞳と視線が重なった。

重なった、とはっきり感じた。

けれど、それはあまりにあっさりと躱《かわ》された。

仮面姫は顔を背け、さらに背を向けてさっさとその場を離れていってしまった。

——なんだ、あの態度は!?

一度はジョアンナを庇《かば》ったディレストだが、もう一度同じ気持ちにはならなかった。

ディレストの顔を拒絶するような、視界に入れたくないものを見た時のような嫌悪感を表しているような態度に、憤怒《ふんぬ》が湧き上がる。

――この、僕に対して――僕の顔が、そんなに見るに堪えないと!?

女性には普段温厚なディレストにしては珍しく、怒りを持続させていた。

ディレストの容姿は、ディレスト自身がよくわかっている。

蜂蜜《はちみつ》色の髪は、陽の光の下でも、夜の闇の中でも輝いていて美しいと評判だ。

榛《はしばみ》色の瞳は見る角度が変わると色が変化するため、流し目には最適で、両親から良いところを受け継いだ顔立ちは女性を蕩けさせる甘い顔だと称えられ、ディレストを不細工と言う者はこの世には存在しないだろう。

さらに王と親密な関係にあるマエスタス公爵家の嫡男だ。

ソファに座り脚を組み、思案するように顎《あご》に指先を滑らせる仕草はなんとも言えない艶やかさがあり、そこに女性がいたならその姿に陶酔《とうすい》することだろう。

そのくらいの自信はあった。

だから、そんなディレストに対するジョアンナの態度に、怒りを覚えないはずがない。

その女性が、ディレストの妻になる。

ディレストに長く仕えているクラウスは、当然ディレストのこれまでの女性遍歴《へんれき》を知っている。後宮のさらに奥深くで育てられてきた箱入り姫を、この、誠実さがないとは言わ

ないが移ろいやすい主人の妻にしてもいいものか、という心配で眉を顰めているのだ。

「僕では彼女と釣り合わないと？」

「そうとは申しませんが……」

クラウスは主人が己の容姿に絶対的な自信を持っているのは重々わかっているから、これ以上反論や議論をしても無駄なだけだと、話題を変えた。

「しかし、ベルトラン侯爵家は、確か——ご領主のアルカナ様がお亡くなりになったのでは？」

「そうだ。先日、葬儀を終えたばかりらしい。あの切れ者として知られたベルトラン侯爵の葬儀であるというのに、密葬に近かったらしい」

「元宰相であられるのに、どうして……」

「さて、どんな事情かは知らないな。話していたかもしれないが、よく聞いていなかった」

「そこが重要でしょうに」

「——とにかく、従兄上がおっしゃるには、この結婚は僕にも都合がいいとのことだ」

「都合がいい？　どういうことでしょう……望まぬ結婚すること自体、ディレスト様には都合が悪くなるのではないかと思いますが……」

「なんでもかの令嬢、ジョアンナは爵位と領地を継ぐために結婚する必要があるらしい。

だが、継ぐためには条件があると。その条件に、結婚し子供をもうける必要がある、というのだから」

「――は？」

クラウスは理解しかねるように顔を顰《しか》めた。無理もない。最初に聞いた時はディレストも同じように思った。

「つまり彼女はこう考えていると言うのだ。侯爵家を継ぐために伴侶と子供は必要だが、それさえ手に入れば夫に何も望まない、好きにしていていいと――ベルトラン侯爵家に迷惑をかけない程度なら、この身は自由だと言うことだ」

「そのような条件が――」

「まぁ、悪い内容ではない」

ディレストももう二十八歳だ。これまで両親からもいい加減落ち着けと何度も言われてきた。

しかしディレストとしては、浮名を流したくて女性から女性へ渡り歩いているわけではない。

ただ、結婚したいと思う理想の女性が見つからないだけだった。

探し続けてもう十八年になるが、どんなに美しい人でも、優しい人でも、楽しい人でも、ディレストの心が動かされることはなかった。

いったい自分はどうして、これほどまでに誰かを探しているのか自分でも思い出せない。

確か昔、母に「早急に相手を決めては駄目。よく相手を知り、見極めることが必要よ」と言われたことをぼんやりと覚えている。

だからその通りに、相手をよく見て、見極めてきたのだと思う。

だが実のところ、もうこの世に自分の理想の女性などいないのでは、と思い始めていた。

自分も臣下の端《はし》くれであるし、勅命に背くつもりはない。

結婚はする。それはいい。

理想の相手が見つけられないとすれば、義務でする結婚の相手などそれこそ王に決めてもらっても構わなかった。

ただ、相手が――あの仮面姫だとは。

ディレストはサンルームの前で対面して以降、他の場所でも彼女の姿を見かけたことがあった。

やはりその時も、ディレストが視界に入ることすら嫌悪するかのような態度をとられて、気持ちはささくれ立つばかりだった。

その彼女と、結婚。

理想の相手でないのなら誰でも構わないと思っていたが、よりによってジョアンナ。

けれどあの凛とした立ち姿、優美な所作は非常に好みでもある。

もしも、仮面で隠さなければならないような醜い顔を隠していたとしても、まったく問題にならないほどに。

細身のドレスが似合うすらりとした肢体は、ディレストの腕にすっぽりと収まるだろう。心地よさそうだ——そんなことまで考えて、頭を振る。

そうではない。

そんなことを考えても仕方がない。

だが結婚したら、あの身体が自分のものに——

ディレストの思考が邪《よこしま》なもので埋め尽くされそうになっていたその時、何故かひどく納得したような様子のクラウスに声を掛けられ、我に返る。

「——なるほど、だからですね」

「——何がだ」

思考を遮られて良かったような惜しかったような気持ちだったが、それを振り切るために侍従に視線を向けた。

「実は、ジョアンナ・ベルトラン様より、面会のお申し入れがございましたので」

「——なんだと!?」

さらりと言われ、耳を疑った。あの仮面姫が王宮の外に出るなど、前代未聞だ。

しかしよく考えれば、向こうもこの突然の結婚に対して思うところがあるのかもしれな

い。

王の言葉通りなら、この結婚は向こうの条件を満たすためのものなのだから、協力する側のディレストに対して、あらかじめ伝えたいこともあるのだろう。

そのためにも、事前に顔合わせをする必要は確かにある。

婚礼準備はすべて自分がする、と王は言っていた。

つまりディレストは当日、祭壇の前で署名するだけでいいということだろうが、そこまで何もしないでいいと言われると、この結婚がジョアンナにとってどんな意味を持つのか、想像がつくと言うものだ。

どうしても、と頼まれれば、ディレストも悪人ではないし、困っている者を助けるのは、やぶさかではない。

結婚したら、これまでのような女性との関わり方は許されないだろうと思っていたが、条件さえ満たせばこちらの勝手にしていいと言うのだ。これ以上に都合のいい結婚があるだろうか。

既婚者になる以上、大っぴらに遊ぶつもりはないが、束縛されない関係というのには、正直心が惹かれる。

それに、ベルトラン侯爵家は莫大な財産があるというから、金銭面で頼られることもないだろう。

そう考えると、確かにこの結婚は悪いものではないのかもしれない。

「いいだろう。会おう」

にこやかに笑って侍従に許可を出したが、続く言葉に目を剝いた。

「場所は、王宮の一室です。後宮ではありませんが、後宮から一番近い客室を陛下より借り受けている、とのことです」

「――僕を呼びつけているのか!?」

「――そうですね。仮面姫は噂通り、王宮からお出にならないようですね」

何故か妙に納得しているクラウスのことは置いておくにしても、ディレストは納得できるはずもなかった。

向こうのための結婚であるのに、何故ディレストを呼び出しているのだ。あちらがこちらへ頼みにくる立場だろう。

こんな失礼な対応が許されているのか――？

こんなことをしているから、王の寵妃などという噂が流れるのではないか。それならば自業自得だ。いや逆に、そのような噂になるよう仕向けているのだろうか。

いろいろな憶測が頭の中で繰り返されるが、ともあれ王が許可している以上、ディレストにどうこうできるものではない。

ディレストは不満を隠しもしなかったが、そんな彼を前にして、ジョアンナがどのよう

に頼み込んでくるか。少し意地悪な想像をして溜飲《りゅういん》を下げ、ディレストは王宮へ向かうことにしたのだった。

＊

ジョアンナは予定していた通り、王に頼み客室を借りてディレストの到着を待った。

ジョアンナが結婚を知らされて、二日後のことだった。

王も、ふたりが婚礼前に顔を合わせておくのは悪くはないと思ったのか、お願いをしたらすぐに了承してくれて、さらに「ディレストは噂が多いが、悪い男ではない。女性には特に優しいから、きっと、お前の望みを叶えてくれるだろう」と励ましてくれた。

ジョアンナは王の言葉に勇気づけられ、緊張を解《ほぐ》すように深くため息を吐く。

緊張するのは無理もない。

苦手に思っている相手に結婚相手として対面するだけでも、人に慣れていないジョアンナにとっては苦痛なのに、さらに契約結婚の内容を納得させなければならないのだ。

私の望み——

それは、後継者を作ることだ。

夫など、正直誰がなっても問題はない。

そもそも、結婚などという言葉は、ジョアンナの人生設計にはまったく含まれていなかったのだから。

しかし、子供についてはいずれ作らなければならないと思っていた。

――でも、よくよく考えてみれば、子供を作るには相手が必要で、その相手と一夜を共にしなければいけないのよね。それってとてもはしたないことなのではないかしら？

ジョアンナは今更になってそんな基本的なことに気づいてしまい、仮面の下の頬を熱くさせる。

こんな時、仮面があって良かったと思う。

表情を読まれないことは、ジョアンナにとって顔を隠せることの次に安堵することだった。

社交界で、貴族として生きていかなければならない以上、対面での付き合いは決して疎かにできないのはわかっていた。

どのような相手であっても、感情を殺して笑顔で付き合わなければならないこともあるというのも知っている。

しかし、周囲の貴族たちから自分がどんな目で見られているかを知っている以上、誰に

でも愛嬌を振りまけるかと聞かれると、それは難しかった。

けれどこの仮面が、ジョアンナを助けてくれている。

呪われた顔を人に見せずに済むだけでなく、ジョアンナの感情も人に悟られずに済む。

だからこそ、ジョアンナは仮面を外すなんて無理だと考えていた。

そんなことを思っていると、カリナが来客を告げる。

「いらっしゃいました」

ディレストが来たのだ。

ジョアンナはソファから立ち上がり、扉から入って来る相手を待つ。

そこに現れたのは、ふたりの男だった。

待ち構えていたジョアンナの前に歩み寄って来たのがディレスト・マエスタスだ。その整った容貌《ようぼう》は見間違えようもない。

もうひとりは侍従なのか、ディレストの後ろに控えジョアンナと視線を合わせないよう、少し顔を伏せている。

「――ようこそ、いらっしゃいました。王宮までお呼び立てして、申し訳ありません」

本来なら、ジョアンナのほうからマエスタス公爵家に出向かなければならないとわかっている。

だが、ジョアンナが王宮から出ることは難しい。

こちらの事情で呼びつけたにもかかわらず、来てくれたことにほっとして、初対面の相手に対する礼をした。

「ジョアンナ・ベルトランでございます」

「ディレスト・マエスタスだ。君は――それを取らないのか？」

スカートを摘み、身体に覚えこませたカーテシーをしていたところでそう言われ、ジョアンナは固まった。間髪を容れずに返された問いかけに驚いたからだ。

ジョアンナが仮面をつけているのは当然だった。

ジョアンナが決してこの仮面を取らないことは、貴族の間にも知れ渡っている。あれだけ噂になっているのだ。むしろ知らない者は社交界にはいないだろう。当然、ディレストも知っているはずだ。

――取らないのかって……取るって、これを？

ジョアンナは一瞬硬直したものの、すぐに我に返り、仮面の奥からディレストを見つめた。

「どうぞ、お座りください――カリナ」

動揺を抑え、自然な仕草で相手にソファを勧めると、控えていた侍女に合図を送る。

カリナは前もって準備していたお茶のワゴンを近くに寄せて、ふたりの間にあるテーブルにセットしてくれる。

ジョアンナがソファに座ったことでディレストも腰を下ろしたが、その視線はジョアンナから一瞬も離れなかった。

正確には、ジョアンナの仮面からだ。

あまりにじっと見つめられて、仮面の下を透視《とうし》されているのではと不安にもなってくる。

そしてお茶の用意ができても黙ったままこちらを見続けるディレストに、先ほどの問いはなかったことにはならないのだと、ジョアンナも理解するしかなかった。

だから、仕方なく答える。

「――取りません」

「何故だ」

何故？

ジョアンナは仮面の下で目を丸くし、瞬いた。

――仮面を、取る――どうして？

いったいこの人は、何を言っているのだろう。

ジョアンナはわからなくなって少し首を傾《かし》げたものの、素直に答える。

「取る必要があるでしょうか？」

ジョアンナの答えに、ディレストの視線が鋭くなった。

「我々は結婚するのだと、陛下に伺ったのだが」

「そうですね」

「結婚すれば、夫婦となる」

「そうですね」

「そして君には、何より子供が必要だと」

「そうですね」

ディレストも、今回の事の成り行きについて一通りはちゃんと聞いているようだ。

それを確認されれば、ジョアンナも頷くしかない。

でも知っているならどうしてわざわざ聞いているのかしら、とジョアンナは首を傾げる。

話し合わなければならないのは、条件の内容確認ではなく、それを受け入れてくれるかどうか。そしてジョアンナの願い通り、契約結婚となることを了承してくれるかどうかだ。

ジョアンナが頷いたところで、ディレストの顔色はさらに曇《くも》った。不機嫌であるのを隠そうともしていない。

しかし、眉間に皺を刻んでいても、ディレストは綺麗な顔をしている。

顔の綺麗な人というのは、得をしている。どんな表情をしていても、何をしていても、顔ひとつで見逃されることがあるからだ。

ジョアンナはそんな場違いなことをぼんやりと思ったが、こちらの話を進めることにした。

「――すでに陛下からお聞き及びと思いますが、先ほどおっしゃった通り、私には伴侶と、そして子供が必要です。そしてその相手として陛下がお選びくださったのが、貴方――ディレスト様です」

「――君が選んだわけではないのか？」

ディレストの質問にジョアンナは一瞬眉を顰めたが、相手には見えるはずもないと気を落ち着けて首を左右に振った。

「いいえ。陛下がお決めになったのです。そこで――私からの提案なのですが」

ジョアンナが仮面越しにディレストを見ると、一応は聞く姿勢になっていたのでほっとする。一瞬躊躇ったが、すぐ口を開いた。

「――私に必要なのは、伴侶という存在と、子供――ですので、私はそれ以上は求めておりません。つまり……私の伴侶となり、子を授けてくださった後は、貴方がどこで何をなされようと、貴方の自由にしていただいて構わないのです」

緊張したものの、ジョアンナはここで怯んだら口ごもってしまいそうで、一息に続ける。

「私はもちろん、ベルトランの領主になるので、領地に向かいます。貴方は王都で暮らすほうがいろいろと都合がいいでしょうから、そのまま王都にいていただいて構いません。私は拘束などいたしませんし、どうぞ、これまでと同じように自由になさってください。私の望みは条件を満たすことだけです。ですからこの結婚はいわゆる契約結婚と思ってい

ただければ。今回の件は、あまりに突然で貴方もさぞや驚かれたことと思いますが、貴方に迷惑をかけたいわけではなく――」

「契約結婚」

書類上の関係ではあるが、相手の人生を縛ることになるのだ。

ジョアンナとしては、出来るだけ迷惑をかけないようにしたかった。その想いを伝えたいと必死で言葉を繋げたが、彼の低い声が響き、思わず口を噤《つぐ》んだ。

改めてディレストを見ると、口元には笑みがあった。

しかし、その目は笑っていない。

榛色の瞳が煌めき、仮面の下の瞳をまっすぐに見つめていた。

まるで、仮面の下を見透かしているように、強い視線だった。

「そ、そう、です……」

「つまり、僕は契約書に署名するだけの夫だと？」

「……は、はい」

「子供を作ったら、好き勝手しても君は気にしないと？」

「え……ええ、そう……」

「夫婦であるのに、離れて暮らそうが僕が何をしようが君には関係ないと？」

その通りだった。

ディレストの言うことに間違いはない。

これまでのように遊び歩いて暮らそうがジョアンナはまったく構わなかったし、ディレストにとってもそのほうが都合がいいだろうと思ったからこその提案だったが、どうしてか、口元に笑みを浮かべたまま、彼の機嫌だけがどんどん悪くなっていることがわかってしまう。

ディレストは息を吐き出すように、笑った。

「――ありがたくて涙が出るね」

そう言いながらも、まったくありがたがっているようには見えない。

いったい何が気に入らないのか――

確かめておかなければと、ジョアンナが問いかける前にディレストが先制する。

「そちらの条件はわかった。ならば僕もひとつくらい条件を付けても構わないか？」

「――なんでしょう」

条件。

そんなことを言われるとはまったく考えていなかったので驚いたが、おかしなことではない。

ジョアンナのための結婚だが、ディレストになんの見返りもないのは不公平だろう。

結婚後の自由以外で何か必要なものがあれば、ジョアンナのできることならなんでも聞

くつもりだった。

だが、続いてディレストの口から出た言葉はジョアンナをまた硬直させた。

「せめて――夫婦でいる間くらいは、僕に素顔を見せるつもりがあるんだろうな？」

「――――」

ジョアンナは驚いたまま、声が出なかった。

まっすぐにジョアンナの白銀の仮面を見つめるディレストと視線がぶつかる。

まさか、本当に――この下が見えている、の？

ジョアンナは、自分の素顔が晒されているような不安を覚え、身体を震わせながら思わず仮面を確かめるために手で押さえる。

「――これ……は、外す必要など、ありませんから」

「夫婦となるのに？」

「仮面を付けたままでも、夫婦にはなれます」

「子供を作るのに？」

「仮面を付けたままでも、子供は作れるはずです」

作れるのだろうか？

一瞬不安が過《よぎ》ったが、王もこの結婚で仮面を外す必要があるなど、一言も言っていなかった。

ジョアンナは、不機嫌丸出しのディレストに怯え、震えそうになる声を必死に押し殺して答えた。取ってしまうとどうなるのかと、それを想像し、指先を思わずぎゅうっと握りしめる。

「つまり、君は結婚後も仮面を取ることはないと」

「――必要ですから」

「君に仮面が？」

「貴方にとって――必要なのです」

どうして理解してくれないのだろう。

ジョアンナは、人を狂わせないために仮面を付けているのだ。

この顔に呪われる者をもうひとりも出したくない。

この強引な契約結婚に付き合ってくれる人だからこそ、苦手な人ではあっても、狂わせたいなんて思わなかった。

つまり、ジョアンナはディレストを守っているのだ。

どうしてそれを理解してもらえないのか――

やはりこの結婚は無理なのでは、と顔が俯きかけた時、ディレストは言った。

「――わかった」

「――え」

一瞬、何を言われたのか理解できなかったジョアンナが顔を上げると、ディレストはすでに立ち上がっていた。

「婚礼の準備はすべて陛下がしてくださると言っていたな。準備が整い次第、僕は祭壇の前で署名をする——それでいいな」

「あ……え、っと、はい……」

了承された。

条件を受け入れてもらえた。

そう理解できたのは、ディレストがあっさりと部屋を出て行ってしまった後だった。

「良かったですね、ジョアンナ様」

「ええ——そう、そうね……」

カリナに言われ、ジョアンナも頷いたものの、どうにも気持ちが落ち着かない。

——なんだろう……まるで、どこかに落とし穴でもあるような……

「なんだかあっさりしていて、裏でもありそうな気もしますが」

ジョアンナの抱える不安をカリナも感じているのだとわかって頷きかけたが、条件は受け入れてもらえたのだ。

これ以上こちらから何かを言うのは、図々しいような気もして、不安を打ち消すように首を振った。

「でも、これでいいのよ……私は、少しでも早く条件を満たして、侯爵家を継げれば、それで……」

落ち着かない気持ちに蓋をして、受け入れてくれたディレストに純粋に感謝する。

だがそんな気持ちは、翌日には綺麗さっぱり消え去ってしまうのであった。

王の勅命で結婚するにしても、ジョアンナは出来るだけ目立たないようにひっそりと式を行い、ひっそりと王宮を出て領地に戻るつもりだった。

けれど何故か、ディレストと直接話をした翌日には、社交界中にジョアンナとディレストの結婚話は広まっており、ほんの少しの間、王宮の廊下を歩くだけでも、これまで以上に視線を集めることになっていた。

しかもそれを広めたのがディレストだというのだ。

――いったい、何を、考えているの!?

これまで通りに女性と付き合いたいディレストは、結婚のことはできるだけ隠すだろうと思っていたのに。

ディレストはこれまで数えきれないほどの浮名を流して来たが、王の従弟で公爵家の嫡男でもあるのだ。この国の年頃の令嬢にとっては、結婚相手として最良の男性であると

言ってもいい。

　結婚は無理でも遊ばれるだけでもいいという者たちまでいるのだから、ディレストの人気は計り知れず、その分、婚約者となったジョアンナに向けられる悪意はこれまで以上のものになるのは当然だった。

「──まぁ、見て。仮面姫よ……」

「ディレスト様との結婚、本当なのかしら」

「本当のようよ……でも、あの仮面は取らないのですって」

「まぁ！　それはディレスト様に失礼なのではなくて!?」

「そもそも、陛下に対してのわがままも過ぎるもの。結局、側室にはなれなかったのだし──もしかして、下げ渡されたのかしら？」

「下げ渡すだなんて、よりにもよってディレスト様に!?　もっと仮面姫に相応しい者がいるはずよ！」

　貴族と言っても、女は女だ。

　自尊心の高い彼女らの妬心はすさまじい攻撃力がある。

　いつもは気にしないジョアンナでも、はっきりと耳に届く距離で言われ続ける悪口には辟易《へきえき》し、仮面の下で眉根を寄せ、それが元に戻らないでいた。

「──ジョアンナ様、ディレスト様は向こうのサロンに……」

「――ありがとう」

カリナに促され、ジョアンナは頷く。そんな噂を聞きたくて後宮を出て表を歩いているわけではない。

聞きたくなければこれまでのように王宮の奥、後宮に賜《たまわ》った部屋に引き籠っていればいいのだが、こんなにも社交界に広められてしまっては、ひっそりとした結婚などできるはずもない。

いったい何を考えているのか、ディレストに問いただしておきたかった。

それ故にディレストを探していたのだった。

私は陛下の寵妃ではないし――あの人と、結婚したくてするわけでもないのに――

ジョアンナがそう思いながらサロンにたどり着くと、そこには確かにディレストの姿があった。

しかしひとりではなかった。

いつか見た時のように、婦人たちを周囲に侍らせているようだ。

その時、低い声を耳にして、ジョアンナは思わずサロンに踏み込む前に足を止めた。

「確かに結婚はするつもりだが、僕は変わるつもりはないよ」

ディレストの声だった。

周囲の婦人たちから、その言葉の真意を問いただす声が上がり、ディレストが面白がっ

ているような声がまた聞こえてくる。

「結婚してもお互いに自由、ということだ。僕と彼女に、それ以上の縛りなどないからね」

「まぁ――それでは、ディレスト様はこれからも……？」

「陛下のご命令によるご結婚だそうですわね。つまり、ディレスト様も仕方なく、ということですの？」

彼女らは嬉しそうにはしゃいでいるようだった。

ジョアンナはなるほど、と思った。

なるほど――つまり、契約結婚だ、と納得してくれているのね……

そしてそれをご丁寧に広めてくださったわけだ。

ジョアンナは仮面の下の自分の目が据わっていることに気づかなかった。

だが、仮面のおかげで、誰にも気づかれていない。

契約結婚――そう望んだのは、私だもの。

ジョアンナはサロンには入らず、踵を返した。

条件を満たせるのなら、どんな相手だって構わないと思っていたはずだ。

この結婚には何も不満はない、と自分の心に言って聞かせた。

しかしどうして、こんなに落ち着かない気持ちになっているのか。

そんな、自分でも説明できない感情が嫌で、ジョアンナは早く条件を満たし、彼のいない場所に行きたい、と願った。

そうすれば――こんな不安は、すぐになくなるに違いない。

この時はそう信じていた。

二章

一般的な貴族の結婚は、恋愛結婚でない場合でも、結婚する前に相手の人となりを確かめる時間が設けられる。

正式な婚約となれば、出会って半年から一年ほどの時間をかけるのは普通だった。

さらに婚約から結婚までは、準備なども含めてやはり一年ほどの時間がかかる。

つまり、普通結婚するためには、二年ほどの期間が必要なのだ。

その間に、妻となる女性は身の回りのものを、夫となる男性は家や立場を整えるのが当然の習わしだった。

しかし今回の結婚では、王の手際が良すぎた。

ディレストは本当に、用意された礼服を身に着けて祭壇の前に立つだけで良かった。

式の進行は、侍従のクラウスが王の手配した部下に確認するだけだった。

婚礼を終えたらすぐにベルトランの領地に向かい、そこの領主館で過ごすので家も新しく用意する必要がない。

必要なものは、領地に行って状況を確かめてからになるのだろう。

至れり尽くせりではあるが、少々面白くないとディレストが思ってもおかしくはないはずだ。

何しろ、自分の気持ちなど何ひとつ考慮されることなく進められたのだから。

仮にも夫婦となる以上、多少なりとも歩み寄れるものなら、互いの気持ちに寄り添うべきだと思う。

ディレストは自分の理想とする女性はいないのかもしれないと、結婚を諦めかけていたところなのだから、契約上の結婚であってもジョアンナが望むのなら夫としての務めを果たし、領主となるジョアンナを手助けするのもいいと思っていた。

しかし、顔を合わせてみれば、ジョアンナは噂されていた通りの仮面姫——初対面の印象通りディレストをまるで種馬としか見ていないのがわかった。

彼女がその態度を改めるつもりがない以上、ディレストだって優しくする義理はない。

そもそも、夫婦になってもあの仮面を取らないと言う。

あまりに必死に拒否するから、あの仮面の下に何があるのか、一層興味が膨《ふく》らむばかりだが、ディレストはひとまず、ジョアンナが結婚後もディレストの自由を約束すると言う

のなら、それを反故《ほご》にできないように先回りしてやったのだった。

それはあまりに簡単だった。

王宮を歩けばすぐに人だかりができてしまうディレストは、自分を囲む女性たちに一言、「仮面姫と結婚することになった」と告げるだけでいいのだから。

王命でもある、と付け加えれば、あとは勝手に憶測を交えて広まっていくだろう。

結婚したからといって拘束されるわけではない、ということも、尋ねられた際に念のため付け足したが、それは確実にジョアンナの耳に入ればいいと思ってのことだった。

これが、君が望んだ結果なのだから――

ディレストは怒っていた。

これまでディレストは女性に対し、いや、どんな人に対してもそれほど怒りを持ったことはなかった。どうして彼女にだけこんなにも憤り、さらにそれが続いてしまうのか不思議に思うし、自分でも子供じみた嫌がらせをしているとわかっている。

けれど、ずっと苛々は治まらなかった。

そして結局、ふたりの結婚にまつわる噂は治まることなく、とうとう婚礼の日が来てしまったのだった。

つまり、ただあてがわれた妻を抱いて、子供を作り終わらせるだけの結婚だ。

これで相手が、信頼している王の掌中の珠でなければ絶対に断っていただろう。

種馬扱いされているのも同然で、その日、礼服に身を包んでも気持ちは落ち着かなかった。

いったい、どうしてこんなにも気に入らないのか――

実際のところ、結婚して子供を作れば好きにしていいなど、ディレストにとってはこれ以上ない好条件のはずだった。

女性は好きだ。

陶酔されるのも気分がいいし、逆に褒めることも好きだ。

だが結婚すれば、今まで通りではいられないだろうし、結婚相手に悪い。落ち着くことが必要だと弁《わきま》えるつもりでいた。

しかしジョアンナと結婚すれば、そんなことは一切抑えなくていい。考えなくてもいい。これまでと同じように、好きに生きていても構わないのだ。

こんなにも優遇されているはずなのに、どうして気に入らないのか。

自分の気持ちがわからなくて、苛立《いらだ》ちは増すばかりだった。

悶々とした気持ちのまま、祭壇で花嫁を待つ。

急なことにもかかわらず、婚礼に必要なものは完璧に揃っていた。ただ、普通と違うのは列席者の数のみだ。

王宮内にある礼拝堂には、神父と見届け人である王と王妃、そして花婿と花嫁のそれぞ

れの付添人、扉付近に護衛とみられる騎士団長が控えているだけだった。

そのあまりに少ない観衆の中、花嫁が指示通り花婿に歩み寄る。

花嫁が横に並んだのを確認すると、ディレストは形式に則《のっと》ってジョアンナと向き合い、そして目を疑った。

――仮面を付けている!?

真っ白なドレスは、確かに婚礼に相応しい。

王が誂《あつら》えたのか、そのドレスは飾り気がないようでいて、高級な生地が使われていた。

今は表情を隠すかのように頭から胸元までベールで覆われているが、薄い布地は下が透けて見えている。

だから、花嫁が相変わらず仮面を付けているのはしっかりとわかった。

ディレストは咄嗟に側に控えていた王に視線をやったが、あからさまに逸らされた。そして隣の王妃からは問答無用の笑みを向けられる。

――これを、どうしろと。

ディレストはもう一度仮面を付けたままの花嫁を見たが、見間違いではないらしい。

こんな時でもやっぱり仮面を外すつもりはないのか、いったいどういうつもりだと、侮辱されていると思い、怒りが身体を震わせる。

神父に急かされるように誓約書に署名をさせられて、自分たちの後に見届け人である王

と王妃が名前を書くと、略式の婚礼はあっという間に終わった。

普通であれば、列席者の前で、夫婦となったふたりが顔を見合わせ、祝ってくれる人々に口付けのひとつでも見せつけてやるのが婚礼の習わしでもあったが、この式にはそんな様式美さえなかった。

この結婚を祝う祝賀会すらないのだ。

字を書けば終わりだと思っているのか、これで書類上は妻となった女性——ジョアンナはさっさと背を向けて礼拝堂の外へ向かう。

「ディレスト様、こちらへ……」

クラウスも同じようにディレストに退室を促《うなが》してくる。

しかしディレストは、妻となった女性のあまりにもあっさりとした態度に驚いて、彼女の背中から視線を外せずにいた。

「ディレスト様、お早く」

「わかっている！」

落ち着かないまま、ディレストはクラウスに従って、ジョアンナが出て行った扉とは違う出口から礼拝堂を出て、着替えるための控室に入る。

「——クラウス、この後はどうなっている？」

「ごゆっくりお過ごしいただけますよ。明日の朝には、奥様となられたジョアンナ様はべ

ルトラン領に向かわれますからね」

「――もう？」

眉を顰めたディレストに対し、クラウスは呆れを隠さない目で主人を見ていたが、諦めたように言った。

「そうです。今回の婚礼は畏れ多くも、本当に陛下がすべてご準備くださいましたが……それもこれも、ジョアンナ様がすぐ領地へお戻りになられるよう、その準備の時間を設けるために、代行されたに過ぎないので」

「……彼女は」

「え？」

「妻は、そんなにも急いで領地に向かう必要が？」

ディレストは堅苦しい礼服を脱ぎ捨てて、いつもの服を纏いながら、ジョアンナの姿を思い浮かべた。

彼女は仮面を付けていたものの、その姿はやはり美しかった。

苛立ちを覚えていても、美しいと感じる気持ちに嘘はつけない。

ディレストがそう感じたというのに、ジョアンナは初対面の時から変わらず、こちらになんの興味も持たないまま領地へ逃げ去ろうとしている。

――そうだ、逃げているのだ。

必要な条件はまだひとつしか満たしていないというのに。

「ジョアンナを屋敷に呼んでくれ――もう妻となったのだから、王都では僕の家で暮らしても構わないはずだろう」

「――しかし、明日にはジョアンナ様は……」

「明日何があろうと、今日は婚礼だったんだぞ、クラウス」

「――そうですね」

「略式であろうと婚礼は婚礼で、結婚してしまったんだ」

「――そうですね」

「ならば今日は、初夜ではないのか？」

「――」

クラウスは何も答えなかったが、ディレストの言いたいことは理解しているだろう。

「そもそも、子供が必要だと言ったのは彼女だ。その希望をさっそく叶える努力をしてやろうじゃないか。王都にいるうちにな」

「――ディレスト様」

「領地に逃げる前に、済ませてやる。そう伝えて、今度こそこっちに呼びつけるんだ」

仮にも――正しくは正式にだが、ディレストは夫となったのだ。

領地を持たず、マエスタス公爵位を継がなければならないわけではないディレストは、

ベルトラン領主の伴侶という立場となったわけだが、夫は夫だ。

どうして妻の都合ばかり優先されて、自分は無視され続けなければならないのか。

もし、ディレストに本当に会いたくないというのならそれでもよかった。

ただし、種馬扱いされたのだから、種馬らしいことはしておくべきだろう。

一晩で済ませてやる。

ディレストは今度こそ自分の意思を押し通すつもりだった。

あまりにわがままで、高慢な妻に、夫というものを嫌というほど教えてやろう。

あの美しい身体に、ディレストを覚えこませて忘れられなくして寂しがらせてやるのも悪くない。

そんなふうにさえ考え、にやりと笑った。

「ディレスト様が女性を乱暴に扱ったりしないことは存じ上げております。ですが」

「反論はなしだ。ジョアンナを迎える手はずを。初夜の準備をするんだ」

クラウスに言いつけ、ディレストはそのまま先に控室を出て、屋敷に向かった。

簡単に逃がしてなどやるものか。

ディレストの想いを、今度こそジョアンナに思い知らせてやるのだ。

初夜を望まれた。

＊

いや、考えれば当然のことであるのだが、結婚すればすぐに領地に戻ることしか考えていなかったジョアンナは、動揺した。

王から与えられた日数は、現実を受け入れる時間にしかならなかった。

憤りも悲しみも、ジョアンナの中を通り抜けて、結局ジョアンナに残ったのは諦めに似た何かだけだった。

ジョアンナは課された条件や、父からの遺言について、この日まで何度も考えたが、結局は亡き父から信用されていなかったのだと落胆し、自棄になったような感情で結婚式を迎えるしかなかった。

それでも、父の遺言通りにすれば、予定通りにベルトランの領地に戻ることができ、王宮の奥深くで匿《かくま》われて過ごすという惨めな人生を送らなくても済むのだからましなのだろう。

しかし夫となったのがどうしてあの男なのだ、と思うと不快なものが込み上げてきて、

泣いて悲しむような時間を潰してくれる。

結局、ディレストを選んだのは本当に王だったのか、どうして彼を選んだのか、という理由は聞けず仕舞いだった。

ディレスト・マエスタスという男がどんな人物なのか、もうジョアンナは理解している。契約結婚を受け入れてくれたとはいえ、結婚しても女性を侍らせようとする彼に、誠実さなど一切見えなかった。

つまりジョアンナの尊敬に値する人物ではないということだ。

――いえ、そもそも、そういった暮らしをしていいと言ったのは私だし、そのほうが都合がいいからと望んでいるのも私……

だから一方的に責めるのもおかしいと感じながらも、湧き上がる苛立ちを抑えることができない。

いったいどうして――あんな人のことばかり、こんなに考えてしまうのかしら？

ジョアンナは自分に問いかけながらも、契約上は夫婦となった人なのだから、気にして当然ではある、と自分の中で結論づける。

そうでもしなければ、落ち着かない気持ちはますます膨れ上がっていくだけになりそうだったからだ。

慌ただしく略式の婚礼は終わり、ジョアンナはそれ以上その場に、ディレストと同じ場

所に居たくないという気持ちだけで、逃げるように礼拝堂を後にした。

婚礼が略式で済んだのは、心から王に感謝するばかりだ。

綺麗な婚礼衣装を用意してくれていただけではなく、神父の他には見届け人の王と王妃、それから互いの従者だけで、他の列席者などひとりもいなかった。

ディレストは結婚することは広めても、婚礼の日については言っていなかったのか、当日に誰かに何かを言われることもなかった。

粛々と、そしてあっさりと終えることができた婚礼に安堵して、これでもう領地に帰れる、と落ち着かない気持ちを前に向かせることができた時だった――ディレストからの呼び出しを受けたのは。

「――初夜を行うですって？」

驚いたジョアンナに対し、侍女のカリナはすぐに目尻を吊り上げて聞き返した。

カリナはジョアンナの王宮での侍女だが、領地にも同行し、しばらく側に付いていてくれることが決まっている。

その道中の護衛は、これまでのようにカリナの夫のロベルトがしてくれるから、ジョアンナはベルトラン領までの道行きに不安は感じていなかった。

本当に感謝しかない。

そして今も、驚いて何も言えなかったジョアンナの代わりに、カリナが怒ってくれてい

る。

「ジョアンナ様は、明日、早朝に領地にお戻りになられるのですよ？」

わかっているんでしょうね、という怒りの込められた言葉を受けたのは、ディレストの伝言を持って来たクラウスという彼の侍従だ。

クラウスはまだ若い。

おそらくディレストと同じか、少し下くらいの年齢だろう。

四十代で、これまで多くの経験を積んできたカリナからすれば子供の様な相手で、彼女が一睨《ひとにら》みすれば王宮のほとんどの侍女や従僕たちは怯んでしまうのだが、この青年は違った。

当然のようにその怒りを受け止め、美しい礼を返してくる。

「――承知いたしております。ご領地へは我がマエスタス公爵邸より出立できますようにお荷物と共に移動してくだされば、明日が楽になるかと」

「そういうことを言っているのではないわ――」

「――主人より、契約の条件は早めに満たすべきだ、との伝言も預かっておりますので」

カリナの言葉を遮って告げるクラウスに、驚くのと同時に感心しながら、ジョアンナはその言葉にドキリと胸が高鳴った。

身体が緊張していた。

クラウスの、つまりディレストの言いたいことがわかったからだ。

――つまり、あの人は、田舎にある領地になど来るつもりはなくて……ここですべてを済ませてしまいたいと言っているのね。

ジョアンナは自分としてもそのほうが都合がいいと考えていたのに、いざ目の前にその現実を突きつけられると、どうしてか心がざわめく。

父の跡を継ぐ。

正式にベルトラン領の領主となるのに必要な条件は、思えば単純なものだ。

最初のひとつ、良き領主となることというのは、自分の力でどうにかなる。

そのための努力を、これまで惜しむことなく続けてきたのだから。

そしてふたつ目は、今日満たすことができた。

ほとんど顔を伏せていたので、今日の婚礼の間、ディレストがどんな顔をしていたのかはよく覚えていないが、あれほどあっさりとした婚礼に付き合ってくれたのだから感謝はするべきだろう。

そして最後の条件である――後継者。

つまり、ジョアンナは子供を産まなければならない。

子供を産むには、子供を孕《はら》まねばならない。

その行為を、ジョアンナはまったく知らないわけではなかった。

一通りの淑女教育として、カリナから教えられていたからだ。

つまり、結婚した相手と寝台に入り、抱き合い、繋がることで子種を貫い、お腹に宿った子を十月十日育み、産む。

簡単そうだが、簡単ではないのだろう。

カリナが説明する時に、恥じらいながら、しどろもどろになったのは後にも先にもそれが初めてだったからだ。

その時のカリナの様子から考えても、恥ずかしいことなのかもしれない。

それでもそれをするのが、夫婦なのだという。

だからこそ、生まれてくる子は慈しまれ、愛されて育てられるのだ、と。

ジョアンナはそれに反論したい気持ちがなかったわけではない。

自分の境遇を顧《かえり》みて、その通りになっているだろうか、と疑問に思ったからだ。

しかしあえて何も言わず、頷いておいた。

きっと、世間一般から外れているのは自分で、生まれてもなんの問題もなく、隠れて暮らすようなことにならない子供が普通なのだろう。

戸惑っても、受け入れなければならない。

それが、ジョアンナに出された条件だからだ。

後回しにしてみたところで、いつかはしなければならないことだと気持ちを落ち着けた

ものの、ジョアンナはそれが今日起こるとは予想だにしていなかった。

明日、自領のベルトラン侯爵領に移動するのが決まっていたからだ。

王都からベルトラン領まではそんなに遠く離れていない。

ゆっくりとした速度の馬車に揺られても、朝出れば夜には着ける距離だ。

それでも、一日馬車に揺られる。

ある程度の体力が必要であることは、ジョアンナでもわかることだ。

だから最後の条件は、きっと領地に戻ってからになるのだろうと考えていたのだが、そうではないらしい。

そもそも、ジョアンナに対しそんな遺言を残したのは父なのだ。

それを思うと、ジョアンナは心が乱れるのを感じたが、慌てて抑えつけた。

――何も考えなくていい。ただ、ベルトラン侯爵の跡を継ぐ条件が、とりあえず残りひとつになっただけ。

この王都にいるうちにすべてを終わらせれば、彼はなんの憂いもなくもとの生活に戻れるだろう。

――それに、子供はほしいけど夫は要らないから……ちょうどいいのよ。

そう思ったジョアンナは、畏まったクラウスという侍従に、了承の旨を伝えた。

本気か、と驚いたのが、ジョアンナよりも怒っていたカリナと、話を持ち込んだクラウ

スだったのがなんだかおかしかった。

ジョアンナがマエスタス家の屋敷に着いたのは、夜半のことだった。

遅いと言われるかもしれないが、この屋敷から領地へ出発するためのすべての準備を整えて荷物ごとの移動だったのだ。

ジョアンナには初夜がいったいどのくらい時間がかかるのかはわからないが、きっと数刻もかからないだろう。さっさと用事を終えるつもりでいたのだが、カリナの表情は曖昧《あいまい》だった。

違うのだろうか、と思ったが、深く考えると不安だらけになりそうで、客室の一間を借りて服を整え——つまり夜着に着替え、夫であるディレストの待つ寝室へと向かった。

案内してくれたのはやはりクラウスで、ジョアンナへの対応はとても丁寧で、柔らかい。

カリナと同じ居心地の良さだ、と思いながら開けられた扉の中に入ると、そこは本当に寝室だった。

薄いカーテンが閉められているが、大きな窓がふたつ並んでいる。部屋の中央には天蓋付きの大きな寝台があり、他にはサイドテーブルしかない。

本当に寝るためだけの部屋だとわかると、これから何をするのか想像してしまって、躊《ちゅう》

躇《ちょ》する。

しかし部屋の中で待っていたこの部屋の主であるディレストは驚いたように目を瞠っていた。

「――また仮面！」

言われて、ジョアンナはすでに自分の一部になってしまっている仮面を思い出した。

あまりに自然に付けている白銀の仮面は、後宮に与えられた寝室の、天蓋から垂れ下がる分厚い布を閉めきって隠された中でしか取らない。

取ったらどんなことになるか、誰よりもジョアンナ自身がよくわかっているからだ。

ディレストの声は、憤っているようにも聞こえる。

表情も硬いから、笑っていないことは確かだろう。

けれどジョアンナは、この仮面を取るつもりはない。

結婚しても、これから子供を作るにしても、仮面は関係ないはずだ。

「この仮面のことはお気になさらず――」

「取らないのか？」

「――取りません」

「どうしても？」

「どうしても」

同じ問答を数日前にもした気がする、と思いながらも、ジョアンナとしては、王に命令されても仮面を取るな、と父から言われていたし、優しい王はジョアンナの盾でもある仮面を取り上げたりしないとわかっている。

だからこそ、これからも取るつもりはないし、相手が気に入らないのなら、この結婚を白紙に戻すことも考えたが、ディレストの表情は何かを考えるようになり、ジョアンナの顔をもう一度確かめた後、小さく息を吐いた。

「――まぁ、いい」

「――――？」

どういう意味だろう、とジョアンナが考えるより先に、ディレストが寝台の隣に立ち、手を伸ばしてくる。

「こちらへ、ジョアンナ」

少し躊躇うと、ディレストの表情が険しくなった。

「……君のためにすることだぞ。君も早く終わらせたほうがすっきりするだろう」

そう言われると、ジョアンナが躊躇っている場合ではない。

だが、それが事実であっても、ディレストに高慢に言われると、大人しく「お願いします」という気になれなくなるのはどうしてなのだろう。

「――手早く、終わらせましょう」

ジョアンナがそう言ってディレストに近づくと、腕を取られ、気づけば逞しい腕に抱かれていた。

「…………！」

大きな身体だった。

幼い頃、父親に抱かれた記憶はあるけれど、王宮に来てからは、誰かとここまで近くに寄り添ったことはない。

ジョアンナの背中に腕を回しても、ディレストの腕は余るほどだった。

ディレストの背は、ジョアンナより頭ひとつ分ほど高い。

ジョアンナを強く自分の胸元に引き寄せ、半ば持ち上げるように抱き込みながら、ディレストの顔がジョアンナの首筋に埋まった。

「――」

緊張に、息が止まった。

身体も強張っているはずだが、ディレストの力は緩むことなく、さらに強く鼻先をジョアンナに押し付けている。

ジョアンナが緊張していることは伝わっているのだろう。

ディレストが笑ったようだった。

「……そんなことを言っても、君はこんなことに慣れているわけではないだろう。素直に

身を任せていなければ、ただ辛いだけのものになるぞ」

「――――っ」

明らかに、からかわれているとわかって、ジョアンナは顔が熱くなった。

確かに、浮名を流しているディレストに比べれば、どんな人間だって慣れているとは言い難いだろう。

行為についてはカリナから聞いただけのジョアンナだ。慣れていないことなど相手にはお見通しであるのも当然だった。

それでも、そんなふうに笑われて、素直に身を任せられるほどジョアンナは人を信用してなどいない。

逞しい胸に手を当て、押し返すつもりで力を込める。

「――女性に辛い思いをさせるなんて、女性に慣れているという貴方の評判は、ただの噂だということかしら」

声が震えるのは怒っているからだ、とジョアンナは頑なになった心で精一杯強がってみせた。

「――言ったな」

言った。

けれどジョアンナは、それをすぐに後悔したくなった。

身体を離し、仮面の奥を覗き込んで来たディレストの瞳の強さに、喧嘩を売る相手を間違えてしまったような焦りを感じたからだ。

ディレストは強い視線を保ったまま、口端を上げてにやりと笑った。

「僕の評判が本当なのかどうか……その身で確かめてもらおうじゃないか」

強い力で寝台へと倒され、ジョアンナはやっぱり後悔した。

慌てて制止を口にする前に、胸が苦しくなる。

「……すごいな、想像以上だ」

——想像ってなんの!?

ディレストの手が、ジョアンナの乳房を摑んで揉んでいた。

そんなことをしてどうなるの、と声を荒らげたかったが、驚きと動揺と、そして強引な動きとは裏腹に優しさを感じる彼の大きな手に恥ずかしくなって、うまく声が出せなかった。

「……っあ、のっ！」

必死の思いで声を上げてみたものの、自分の胸に触れてくるのは手だけではなかった。

双丘に埋めるように、ディレストの顔がそこにあったからだ。

ディレストは両手で何度も胸を揉み、まるでその柔らかさを自身のその顔で実感しているようだった。

ジョアンナの纏う夜着は着脱が簡単なもので、前をいくつかの紐で閉じてあるだけだ。ひとりで脱ぎ着するには楽なのだが、この状況ではまずいのでは、と今更ながらに焦りを覚える。

「あ……あの、あ、の……っん」

どうしたいのか、何をしたいのか、そもそも、どうすればいいのか。

知識としてカリナから教わったものの、この行為が普通のものなのかどうかもわからない。

そもそも、初夜って——こんなふうにするもの!?

戸惑ってばかりのジョアンナは、相手の勢いに呑まれそうで、逃げればいいのかのしかかる相手を押しのければいいのか、混乱の極みにあって何を言えばいいのかもわからなくなっていたが、ディレストはジョアンナの身体を弄《いじ》ることに夢中のようだ。

開かれた胸元は、おそらくすべてが相手の視界に入っている。

それだけでも恥ずかしいと思うのに、ディレストは両手で乳房を弄《もてあそ》んでみたり、先端を口に含んで舐めてみたりと忙しない。

さらに手は下へと移り、夜着は淫らにはだけて、ジョアンナの形を確かめるように身体を弄っていた。

それがジョアンナを震わせている。

どうして震えるのかわからないが、不安や恐怖だけでない何かが込み上げていて、ジョアンナをさらに混乱させていた。

「——んっ」

押し殺したような、自分でも初めて耳にするような艶めいた声に、ジョアンナはこれまで以上の羞恥を感じた。

自分にのしかかる彼の大きな身体は怖いはずなのに、自分の変化のほうが怖くて怯えた。

そしてそれを必死でこらえようと、手を口に押し当て、声を押し殺す。

「……っ、っ、ん……っ」

ディレストは胸の先端を執拗《しつよう》に舐め、腹部から下肢まで手を何度も往復させている。

そして何を考えているのか、鼻先は肌に押さえつけるようにして匂いを嗅《か》いでいるのだ。

まるでどこから匂いがするのかと探すように、ジョアンナの首筋から鎖骨、肩から腕、胸の中心から腹部の中心まで迷うことなく移動している。

「——っんん！」

臍まで辿っていくと鼻を離し、戯れのように舌でそこを擽られ、ジョアンナは堪えきれず腰が揺れた。

何——今のは、何？

混乱ばかりで泣きじゃくってしまいそうなのに、身体はディレストの行為に違う反応を

示していて、ジョアンナの心はさらに困惑していた。

　そんなジョアンナの気持ちなど気にしていないディレストは、手を腰に当て、その下にある脚に滑らせてから、唯一ジョアンナの身体を隠している下着に指を絡めて引き下ろそうとしている。

「あ……っ！」

　それも——取るの!?

　驚いたジョアンナに対し、何も間違ったことなどしていないという堂々としたディレストの動きに、初夜の営み、夫婦の権利と義務、子供を作るための行為がさらにわからなくなってますます不安が込み上げる。

「ま——待って！　ま、待って!!」

　必死でジョアンナが声を上げたのは、ディレストがのしかかっていた身体をずらし、ジョアンナの身体を隠すものをすべて取り払ってから、右足を持って開こうとしていたからだ。そしてディレストの顔が、ジョアンナさえ見たことのない場所に降りようとしていたからでもある。

　強い制止の声に、ディレストはようやくジョアンナの声を聞いたとばかりに動きを止めて顔を上げた。

　そんな格好で止められていることのほうが恥ずかしいと思うが、これ以上先に進むこと

のほうが怖くてジョアンナは黙ってなどいられなかった。

「――なんだ？」

「あの――あの、あの……っこれは、これ……っこれは」

止めてもらえたものの、真正面から問われると、ジョアンナ自身も何が言いたいのか、どう言えばいいのかがわからず、言葉がうまく紡げない。

しかしディレストはジョアンナの混乱を理解してくれたのか、ひとつ頷いた。

「ああ――子供を作るんだろう？」

「――これが!?」

「契約条件のひとつのはずだが」

「――そうですけど！」

「子供は要らないと？」

「要ります！」

勢いで答えてから、ジョアンナは恥ずかしいことを言ったような気がする、と顔を赤く染める。

もしかしたら、全身が赤くなっているかもしれない。

それくらい、身体が火照って仕方がないのだ。

「――で、でも、こんな……こんな、こと、を」

「こんなことで、子供を作るんだ……まぁ突っ込めば終わることではあるが、僕の評判に傷を付けるつもりはないからな。安心しろ。気持ちよくさせる自信はあるし、満足するまで付き合ってやる」

「満足って……！」

目尻に浮かんだ涙が落ちるほど瞬いたジョアンナを見て、ディレストは笑っていた。からかわれているのではと、一瞬羞恥よりも怒りが勝るが、ディレストは放蕩者と噂されるほど、女性と浮名を流している人だったことを今更のように思い出す。

他の人と、こんなことを――

ジョアンナはふと嫉妬心に似た気持ちが湧き上がったことに、自分でびっくりした。

――いったいどうしてそんな……

改めて、ディレストを見上げた。

蜂蜜色の髪は、湯浴みをした後乾かしたのか、いつもよりふわふわとしていて、指通りが柔らかそうに見える。

榛色の瞳は切れ長の形によく似合っていて、美しいという言葉は彼のためにあるものなのでは、とジョアンナは感心してしまう。

さらに、上気しているのか、少し頬が赤いし、ジョアンナに触れる手や身体は熱いくらいだ。

いつの間にかディレストの服装も乱れていた。

下衣は穿いているものの、上半身のシャツの前ははだけ、その部分もジョアンナに直接触れていたのかと思うとひどく狼狽えてしまう。

ディレストの視線は、まっすぐジョアンナに向けられていた。

仮面をしているから視線はあまり合うことがないはずなのに、ディレストは確かにジョアンナの目を捉えている。

恥ずかしさなのか不安なのか、とにかくジョアンナは狼狽えて、咄嗟に顔を背けてしまう。

「──そ、その、そんな……これ、こんなこと、は、子作りに」

「必要だ。僕は何も知らない君よりは知っているから安心しろ」

「…………」

あっさりと返されたが、その内容に何故か喜ぶことができない。

どうしてこんな気持ちになるんだろう、とジョアンナが自分の感情に不満を持っていると、ディレストの手が急にジョアンナの顎を取って自分へ向けた。

真正面から、ディレストと視線が絡む。

「君のためにこれまで研鑽《けんさん》を積んで来たと言えば満足か、ジョアンナ」

「──」

この人は、ジョアンナの心を止めてしまいたいのかもしれない。

吸い込んだ息を吐き出す先が見つけられなかった。

そんなことを言われて、ジョアンナが喜ぶと思っているのだろうか。

ディレストは息を止めたジョアンナに、呼吸の仕方を思い出させるように止めていた行為を再開する。

ジョアンナの脚に手を絡め、そのまま開いた中心に顔を埋めてしまったのだ。

「あ、あ……っ!?」

いったいどうして、と考える暇もなく、ディレストの手に、熱い吐息と舌に、ジョアンナは内側から翻弄《ほんろう》される。

「そんな——そん、な、ことを……っん!」

「——ここを、使うんだ。もっと柔らかくしないと……君を傷つけるわけには、いかないからな」

「んん……っき、きず? あ、あっ」

ディレストの言葉は聞こえているのに、その合間に濡れた音を感じ、いったいそこで何が行われているのか知りたくなくて耳を塞いでしまいたかった。

「あ、あ、あ……っ!」

声を上げることを躊躇っていたのに、ディレストのすることはジョアンナの抵抗をいと

も簡単になかったことにしてしまう。ジョアンナは身体の奥に熱を孕んでいて、それを押し出さないとおかしくなってしまいそうだった。

熱いものが、つま先から全身を巡って、外に出すには声を上げるしかなかった。

手で口を押さえても、溢れる勢いは止まらない。

「ひ、あ、あ――っ」

その時、身体の中に長いものが挿《はい》ってくる。

ゆっくりと出し入れされて、強張《こわば》りを解すように内壁を撫でて落ち着かせようとしているような動きだった。

何をされているのかわからないからこそ不安で涙が止まらない。

「――よく、濡れている、いい子だ」

「――」

いつの間にか身体を起こしたディレストの声が耳元でした。

熱い吐息が耳の中に直接送り込まれたようだった。

そのことに身体は驚いたのに、心は声を受け入れていて、これでいいのだ、と安堵もしている。

「もう少し……気持ちよくしてやる」

「あ、あ……っん、ふぁ……っ」

囁かれる声に思考が曖昧になり、ぼうっとする。熱いのはジョアンナが熱を発しているからか、それとも熱を与えられているからかわからなくなる。

耳慣れない水音が、絶えず自分の身体から発せられているのだと気づいても、ジョアンナはそれをどうすることもできず、けれどなぜだか恥ずかしさだけは放棄できず、膝を立てて隠そうとしてしまう。

「――膝を閉じるな」

「……っや、あ……っむ、むり」

脚の間に、ディレストの腕があって、完全には閉じられない。

逞しい腕に脚が触れると、ジョアンナは考えるよりも前にそこに太腿を擦り付けるように動いてしまった。

「――っ」

ディレストが息を呑んだような音が聞こえたけれど、ジョアンナはすぐにわからなくなった。

「あ、あ、あ……っん！　や、あぁっ、だ、だめ……っ」

ディレストはもう一度身体を下げ、ジョアンナの脚を開いてそこに顔を埋めたからだ。

「――駄目はこっちの台詞だ……こんな匂いをさせて、僕をどうしようというんだ」

「あ、あん、ん――っ」

じゅく、と一際濡れた音が立ち、ディレストにそこを強く吸われたのだと知った。

執拗に舐め回したあと、舌が中を探ろうと、時折指が埋まっている場所まで潜り込んで来る。

おかしくなってしまう。

ジョアンナは、もう何が起こっているのか正確に判断できずにいた。

――わからない、怖い、でも、熱い……！

自分の身体はいったいどうなっているのか、不安と混乱の最中にあるはずなのに、ジョアンナの身体はディレストの起こす波につられて高いところへ引き上げられようとしている。

それが、嫌ではなかった。

怖いけれど、嫌ではない。

何が起こっているのか、必死に考えようとしても、ディレストのすべてに翻弄されて思考がまとまらない。

「や、あ、ぁ、あぁあ……っ」

突然、一番高い場所に押し上げられて、そこから突き落とされたように感じた。

怖かった。

恐怖でいっぱいになって、涙を止めることもできなかった。

身体はブルブルと震えて、痙攣《けいれん》したように手足が落ち着かない。

自分の身に何が起こったのか、ようやく状況を考えられるようになったのは、ディレストの声を聞いてからだった。

「――イッたな」

「……い？」

ディレストは震える身体を宥めるように、優しく撫で続けてくれていたようだ。

同時に、唇で、肩を、手を、胸を、身体中をなぞられている。

その感覚に、ジョアンナは自分の身体があることを思い出し、ぼんやりとした視線を彷徨わせて、ディレストの顔を探す。

ディレストは、すぐ隣にいた。

片ひじをついて、同じ寝台の上に横たわっている。

いつの間にか、服をすべて脱ぎ去っていて、ジョアンナには直接温かい肌が触れていた。

「達したんだ。絶頂を迎えた、とも言うが……気持ちよくて、昇り詰めたんだ」

「――え？」

ディレストの説明は丁寧だったが、ようやく動き始めた頭でその言葉を理解すると、眉根を寄せるところではある。

気持ち、よかった？

あれが——あれが？　気持ちいい、ということ？

仮面をしていても、ジョアンナが納得していないのがわかったのか、ディレストも眉根を寄せる。

「どうした？」

「……だ、だって、あの……あれ、が？　あんな、まさか……き、気持ちよく、なんて」

全然、と言いかけて、恥ずかしいことを口にしていると気づいて声が小さくなった。

ジョアンナの反論を、ディレストは面白く思わなかったのか、整った顔を顰めた。

綺麗な顔の人は、そんな顔をしても整っているのね——

どうでもいいことをジョアンナが考えている隙に、ディレストはもう一度ジョアンナにのしかかっていた。

「あ……の？」

「気持ちよくなかったと？　あれでは満足できなかったと言うんだな？」

「あ……え、あ、あの、え……っと」

ディレストは笑っていた。

けれど、目が笑っていないのはジョアンナにもわかる。

「妻を満足させられないなど、僕の誇《ほこ》りにかけてそんなことはあってはならない」

「え、えっと、あの……ま、待って？　その……やっぱり」

「次こそ、君を満足させてやる……そのためだけに、僕がいると思ってくれても構わない」

「――――」

気持ちよかったから、と言ってなんとか止めさせたかったが遅かった。

ディレストの手がジョアンナの下肢に伸びて、先ほどまで熱を孕んでいた場所を撫でたからだ。そこが濡れているのがわかる。

どうして濡れているのか。

さっき彼が舐めたから――？

考えても、恥ずかしい答えしか思い浮かばず、考えることを放棄したかった。

しかしディレストの手はジョアンナにすべてを思い出させようとしている。

「んぁ――っ！」

わざと音を立てているとしか思えない強さで、ジョアンナの中をディレストの手が、指が弄っていく。

脚を開かせ、その間に自分の身体を埋めて閉じさせないようにして、顔はまたジョアンナの胸に埋めている。

「ん、んぁ、あっ」

上でむしゃぶりついている唇に反応すればいいのか、下で弄られている指に戸惑えばいい

いのか、ジョアンナはわからなくなって、羞恥すら消し飛ぶほどの波に、また翻弄されてしまう。

「……ああ、柔らかい……ここに、埋めてしまいたい。もう僕で満たしたい」

「ん、ぁ、あっあっ……あっ」

ディレストの言葉の意味すら、考えられなかった。

ぐちぐちと、先ほどより強めに内壁が探られている気がする。

なのにジョアンナは痛みも感じず、おかしくなるような感情をどこかに逃したくて、ただ声を上げることしかできなかった。

自分に覆いかぶさる身体に、手を伸ばしていることにも気づかない。

逞しい肩、広い背中に手を回して、自分よりも大きなものにのしかかられているとわかっただけだ。

わかったけれど、それをどうするべきかが思い浮かばない。

とりあえず、もう一度高いところへ押し上げられているのを感じて、今度こそ落とされないよう、その背中にしがみついた。

「……ッくそ」

「んんぁ……っ」

苦しそうに呻き、舌打ちまでしそうなディレストに、どうしたのか、と視線を上げると、

少し身体を離し、下肢にある手を動かしていた。

「……？」

なんだろう、と首を傾げた瞬間、それまでジョアンナの中を弄っていた指が引き抜かれ、違う何かが押し当てられた。

「――――っ」

「……っく、きついな」

ぬるりとした先端が、指の入っていた場所に割り込んだかと思うと、ぐっと強く押し入って来たのだ。

その衝撃に思わず息を詰めると、同じようにディレストも顔を顰めている。

しかし、ジョアンナの感じる痛みは顔を顰めるどころではない。

「……っ、……っあ、あ……っ」

うまく息ができず、逃げ出したいと思いながらも大きな腕の中からは逃れることも難しく、ただ必死にディレストにしがみ付いた。

「……ジョアンナ」

「――――っ」

「ジョアンナ、力を抜くんだ。キツくて動けない。押し戻されそうだ」

勝手なことを言っている、とジョアンナはディレストを睨み付けたかった。

しかし、溢れる涙は止まらず、もはや仮面の外にも零れ落ちている。

ディレストは自分より細い身体を抱き寄せ、その耳元に囁いた。

「僕を受け入れろ。一番奥で繋がらなければ、意味がない」

「――――」

いったい何を言っているの？

ディレストの言葉に驚いた瞬間、不意に身体の力が抜けて、ずるりと深くまで硬いものが挿《い》れられた。

先ほどまでの指など、可愛いものだった。

こんなに硬くて、痛いものが――どうして？

ジョアンナは何が起こっているのかわからず、もう一度息を詰めたところで、カリナの言葉を思い出した。

『結婚した相手と寝台に入り、抱き合い、繋がることで子種を貰い、お腹に宿った子を十月十日育み、産む』

繋がる――繋がってる、の？

あまり深く考えたくないけれど、ディレストの身体の一部が、ジョアンナに挿って――繋がっているのだ。

異性の身体がどうなっているのか、カリナに教えられて一応はわかっていたつもりだけ

ど、こんなにも大きくて硬いものだったなんて、予想外だった。

「……った、ぃ、た……ぃ」

「……ああ、すまない。しばらく、落ち着くまでじっとしていてやるから……僕を不必要に煽るんじゃない」

誰が何を煽るというのだろう。

ジョアンナは掠れた声で、途切れる呼吸の合間に自分の痛みをかろうじて伝えることしかできないのに、ディレストはどこか満足そうだ。

不公平だ。

子供を作るとは、身体を繋げるとは、こんなにも男女で違いがあるのだろうか。

だとしたら、やっぱり不公平だ、とジョアンナは思った。

そんなジョアンナの不満はよそに、上体を起こしていたディレストは乱れた髪をかき上げ、引き締まった身体を見せつけるようにまた覆いかぶさってくる。

――この人は、見せつけているの……？

ジョアンナの心が、心臓が大きく跳ねる。

どうしてか落ち着かなくなり、一層苦しくなった。

これはいったいなんなのだろう、と動揺もしているジョアンナに、ディレストは乱れた髪を撫で、落ち着かせるように肩を擦り、首筋に唇を押し当ててくる。

それがいったい何になるのか、と黙って受け入れていると、じわじわと痛みを感じていた身体の奥が緩み、そのおかげで強張っていた全身からも力が抜ける。

「……ジョアンナ」

「……っ」

囁きながら、ディレストがゆっくりと腰をずらした。

繋がっていた硬いものが、それに合わせて出て行こうとする。

思わず息を呑んだけれど、ディレストの声は優しく、落ち着かせようとする気持ちがあるのを感じて、ジョアンナはその緩やかな動きに身体を合わせようとする。

「ジョアンナ」

「ん……」

誰に教わったわけでもないのに、ゆるゆるとした動きにジョアンナは次第に慣れ、痛みも覚えなくなってきたことに自分で感心した。

女の身体は、こういうふうになっているのかしら……

やっぱり不思議だ、とどこかで考えながら、ゆっくりとした動きは相手の形をはっきりとジョアンナに教えているようでもあって、身体の奥からまた熱くなってくる。

「ジョアンナ」

「……ん、ん」

何度も名前を呼ばれて、その声音が心地よいと感じた時、顔の両側に肘をつき、髪や額を撫でていたディレストの顔が真正面にあって、真剣な眼差しを向けているのに気づいた。

「この仮面、取っていいか」

「――――っだめ！」

一瞬、何を言われているのか、と思ったがジョアンナは咄嗟に拒否する。

身体も強張ってしまってびくりと揺れたが、心臓がこれまでと違う意味でドキドキとうるさく鳴り始めた。

真剣なディレストの顔は目の前にあり、その手が少し動くだけでジョアンナの仮面は剝《は》ぎ取られてしまいそうだった。

どうして、私、こんなことを――

やっぱりこんなことはするべきではなかった、と後悔し始めた時、ディレストの顔がさらに近づき、思わず目をぎゅっと閉じると唇に何かが触れた。

ふに、と当たったものはすぐに離れる。

なんだったの、と目を開けると、また同じ位置にディレストの顔があった。

もしかして――唇、が？

もしかしなくても、これがジョアンナにとって初めての口付けだった。

じわじわと身体が熱くなる。

繋がっている場所だけではなく、下から上に向かって熱が広がり、首筋も顎も、仮面の下も真っ赤になっているはずだ。

「――――」

声にならず、ただただ驚いていると、驚いたジョアンナに驚いたディレストが一瞬顔を顰めて、口の中で舌打ちをしたようだった。

それからジョアンナの腰を強く掴み、ぐっと押し上げる。

「――ああぁっ⁉」

「――ジョアンナ、そんな顔をして、僕を煽るなと言ったはず、だ！」

「あ、あ、あぁあっ」

強く、何度もジョアンナの奥深くまでディレストの塊《かたまり》が押し当てられる。

その動きは強く、慣れてしまった身体に痛みはなかったけれど、苦しくはあった。

ただ、必死でディレストについていかなくては、と思って夢中になって背中にしがみ付く。

「ジョアンナ、ジョアンナ……っ」

「んぁっあっあっ、や、ぁああっ」

意識は曖昧だったけれど、ぴったりとくっついて擦れる身体が熱く、ジョアンナはまた高い場所に昇り詰めようとしていた。

ディレストも同じように、高いところに向かっているのかもしれない。

ひとりで落ちるのではない。

——一緒なら、いい。

ジョアンナはそう感じて、ディレストに翻弄されるまま身体を預けて、抗おうとはしなかった。

「ジョアンナ……！」

「あ、あ、あぁぁ……っ」

ぐっと一際強く、中に押し込められた塊が、もっと大きく膨らんだように感じたかと思うと、その瞬間、熱い何かが弾けて、ジョアンナも同じ時に高い場所から落とされた。

正気であれば恥ずかしくてとても聞いていられないほどの高く淫らな声を上げていた。

その声を出すことによって、何かから解放されて、気持ちも身体も楽になる。

気持ち、いい……？

ジョアンナは、ディレストの言ったことを思い出した。

——これが、気持ちいいっていうこと？

なるほど、とどこかで納得しながらも、解放されるまでが苦しすぎるのではないかとも感じる。

そしてふと、深く重なった身体の奥に、熱いものが溢れているような感覚を覚えた。

――もしかして、これが子種……？

ジョアンナはぼんやりしたままの思考でそんなことを考えると、自分がほっと落ち着いているのも感じていた。

これで、子供ができたのだ。

――領主になれる。

安堵して深く息を吐くと、同じように呼吸を整えたディレストが上体を少し上げて、ふたりの間に隙間を作る。

彼は汗に濡れた髪をかき上げて、ジョアンナを見下ろしていた。

「大丈夫か、ジョアンナ？」

その瞳は、優しかった。

ジョアンナを確かに気遣っているものだった。

金色と、茶色と、黒とが混ざった綺麗な瞳だ。

不遜な態度で怒っていたり、ジョアンナをからかって笑っていたのに、どうしてそんな顔になっているのか。

理解できない胸の高鳴りに緊張しながら、そしてそれにのめり込んでしまいそうになりながら、ジョアンナは自分の気持ちを声に出した。

「……ありがとう、ございます、ディレスト、さま」

「――っ」

その瞬間、ディレストの表情はまた変化した。

落ち着いた目の色が一瞬で強い何かを秘めたものに変わり、熱が籠っているのがジョアンナにすらわかるほどの気配を漂わせ、身体を強張らせている。

いったいどうしたのか、と聞く前に、身体に感じていた。

未だ、繋がったままの箇所がまた熱を帯び、硬いものが大きくなった気がした。

「――え、あ、あの？　どう、どうし、て……ぁんっ」

わけがわからず、動揺したジョアンナへの答えは、強い動きによって返された。

もっと深く繋がってしまおうとでもいうのか、ディレストはジョアンナの右脚の膝裏を抱え起こし、腰をぐっと深く沈めてくる。

「んんぁあっ」

びくん、と跳ねる身体は、明らかにさっきよりも敏感になっているようだった。

どうして、どうして――？

ジョアンナが混乱に陥りながら、再び熱を持った身体に引きずられて声を上げてしまうと、ディレストが強い眼差しを向けたまま、ジョアンナの顔に触れた。

「ディ……っ」

「ジョアンナ」

驚いた瞬間、ジョアンナの視界が広がった。

あまりにもあっさりと、仮面が取り払われたのだ。

「――――」

驚いたのはお互いで、何も遮るものもなく、視線が絡んだ。

そして次の瞬間、ジョアンナは状況も何もかも忘れ、心が真っ暗になって叫んだ。

世界が終わるかのような大声を上げたつもりだった。

しかし何も聞こえず、本当に叫んだのかどうかわからないまま、ジョアンナは闇に意識を落とした。

三章

気を失ったジョアンナを前にして、ディレストはいきり立った己をどうしてくれようと、まず不満を抱えた。

しかし、気絶する直前、ジョアンナの顔が恐怖と絶望に染まっていたのを確かに見て、仕方なく身体を離す。

手にしているのは、白銀の仮面だ。

あまりにあっさりと取れてしまい、こんな簡単なものでいったい何を護っていたのかと不思議に思うほどだった。

だが四肢を投げ出し、意識を失くし寝台にぐったりと横たわるジョアンナを見れば、隠すのも当然か、とも思い直す。

ジョアンナの素顔は、美しかった。

おそらく黒い瞳だろうと予想はしていたが、今は閉じられてそれが見えないことが残念なほど、先ほど見た彼女の瞳は美しかった。

真っ黒な髪と瞳。

赤く熟れた唇に白い肌。

女性らしい色気を備えた肢体。

ジョアンナは、ディレストの想像以上に美しい女性だった。

確かにこの顔を見てしまえば、忘れられなくなり、求めてくる男は山のようにいるだろうと想像はできる。

それを避けるために、仮面を付けていると言われてもおかしいとは思わないし、自意識過剰だとも思わない。

だから仮面を付けていたのだろうか。しかしジョアンナが仮面を付けて王宮に来たのはまだ幼い頃だ。いったい、彼女にどんな秘密があると言うのか。

確かに、顔を隠すために仮面を付けるのは理に適っている。だが、王都には美しい女性はたくさんいる。怪しい色香を滲ませる女性や、清廉な愛らしさを持つ女性など様々だが、顔立ちの整っている者は数えきれないほどいるのだ。

もちろん、ジョアンナはその中でも群を抜いて美しいと言えるが、隠さなければならないほどの美人だろうか。

自慢ではないが、ディレストは毎日自分の顔を見慣れているばかりに、美しい女性を見ても心を乱されたことは一度もなかった。

そもそも、隠すから人の目を集めるのであって、見せてしまえばいずれ見慣れて目立たなくなるのではないか。けれど顔を隠す理由を知らないから、何が最善策かはわからない。

仕方ない、とディレストは仮面を寝台の横へ置き、ガウンを身に纏って寝台近くにある紐を引いた。

クラウスの控える使用人の部屋で、鈴が鳴っているはずだ。

しばらくして、クラウスが扉の外から声をかけてくる。

「――ディレスト様、何か」

「湯と布を用意してくれ」

「……湯浴みをなさいますか？」

「いや、身体を拭くだけでいい」

扉越しに話していると、違う声が割り込んできた。

「――ジョアンナ様はご無事ですか!?　終えられたのなら、私がお手伝いを！」

ジョアンナの侍女であるカリナの声だった。何やら怒りが込められているようだ。

ディレストは寝台を一度振り返り、それを断る。

「――いや、朝まで構うな。湯を用意してくれるだけでいい」

「ですが――」

「――わかりました、すぐに」

言い募ろうとしたカリナを遮るようにクラウスが言い、部屋から離れていくのがわかる。カリナもそれを追いかけていったようだ。

クラウスは誰よりもディレストが信用している侍従だ。彼に任せておけば、問題はないだろう。

ディレストは寝台についた天蓋のカーテンを引き、ぴくりとも動かないジョアンナを隠して湯桶を受け取ると、妻となった女性の身体を拭き清めた。

――やはり、美しいな。

それだけは、間違いない。

胸の柔らかさだけではない。身体中、どこに触れても心地よく、この肌から手を放すことを本能が拒絶しているのではないかと思うほど、ディレストはジョアンナを堪能することに夢中になっていた。

子供めいた意地悪から初夜を強行したのは自分だが、夜着姿のジョアンナは、ディレストを誘っているようにしか思えなかった。

――その仮面さえなければ。

いったい何がジョアンナをそんなに頑なにさせているのか。

隠されれば隠されるほど、暴きたくなるのが人間だ。

ディレストは彼女を昂らせ、絶頂を迎えて満足させた代わりに仮面を取ってやろうと決めていた。

しかし途中から、何も知らないジョアンナに快楽を教えることに夢中になっていた。

彼女は無意識に、何度もディレストを煽った。次第に、簡単に済ませようなどという考えは消え、むしろ自分の身体に溺れさせて離れられなくしてやろうという思いが強くなった。

そして彼女が達してしまうと、自分のほうが抑えられなくなり、意地もあって彼女を責めてしまった。

しまいには、きっと涙でぐしゃぐしゃになっているだろう顔がどうしても見たくなり、思わず仮面を外した。

だが、仮面を外しただけでジョアンナはその美しい顔に絶望を浮かべ、そのまま意識を失ってしまうほどの衝撃を受けたのだ。

ディレストはそれが納得できなかった。

こんなちっぽけな薄い仮面ひとつが、いったいジョアンナの何を護っているのか。

ジョアンナの身体を丁寧に拭き清め、特に脚の間を執拗に拭い、そこに付いた赤い所有の印に満足しながらも、ディレストは彼女に対する興味が自分の中でどんどん膨れ上がっ

ている と感じた。

そしてそのことで、自分の気持ちが変わってしまっていると気づかされ、一瞬愕然としてしまった。

――興味？　ただの興味などではない。僕は、ジョアンナをもっと知りたい……

いや、知るだけでは満足しないだろう。

渇望にも似た何かが、胸の奥に渦巻き始めているのも感じた。

この感じは、気持ちはなんなのか。ディレストはどこかで知っている気がしたが、すぐに答えを見つけるには惜しい気もして、この曖昧な感情に弄ばれるのもいいかと、抗わずに身を任せることにした。

――だがもっと……僕を見てもらいたい。

真っ黒な瞳で、まっすぐに、ディレストだけを。

そのためには、こんな一度の情事で満足できるはずがない。

そんなことを思いながらジョアンナを寝台に残し、風邪を引かないように上掛けをかけてやった後、ディレストは寝室の外へ向かった。

クラウスを呼び、これからのことを伝える。

ディレストに忠実な彼はディレストのことがよくわかっている。

だからこそ、ディレストの言葉に少し眉を顰めながらも、ただ頷いた。

ディレストは笑った。

寝室に戻り、明日が楽しみだ、と思いながらガウンを脱いでジョアンナの隣に滑り込む。

柔らかく、しっとりとした肢体を抱きかかえ、ひとまず満足して眠りについた。

＊

目を覚ましたジョアンナは、いつもと違う景色にぼんやりと瞬いた。

ここはどこだろうと考えているうちに、状況を思い出し、顔を青ざめさせ、そして次の瞬間には真っ赤になる。

私は——昨日……っ！

自分のしたこと、されたことを思い出し、羞恥心が一気に湧き上がる。

いったいどうしてあんなことを、と悶えながらも、それが子作りだと言われれば、あれこそがジョアンナの望んだことでもあるのだ。

それでも、あんなことをするなんてと、ジョアンナは頭を抱えそうになって、今の状況に気づいた。

ジョアンナは、ひとりではなかった。

同じ寝台の上、しかも目の前という至近距離に、もうひとりいたのだ。

昨日夫となったばかりのディレストだ。

「――――っ」

驚いて、咄嗟にそこから逃げようと相手の胸に手をついてみたものの、強い力で抱きしめられていて、離れられない。

――何故一緒に寝ているの!?

ジョアンナは大混乱に陥り、狼狽えることしかできずにいたが、ジョアンナを抱きしめるようにして眠っていたディレストは一度眉根を寄せ、ゆっくりと目を開く。

そしてまだ寝足りないような顔をしていたが、ジョアンナをしばし見つめた後で、大きく欠伸《あくび》をした。

「――ふぁ、ああ、起きたか、おはよう」

「……っお、おき、起きたかって、何を……っ」

動揺して言葉をうまく紡げないジョアンナに対し、すでにしっかりと目が覚めたのか、ディレストは眉根を寄せる。

「……朝起きた時には、挨拶するのが常識ではないのか？」

おっしゃる通りではある。

そう言われれば、今の状況はひとまず置いておいても、挨拶をするしかなかった。

「……おはよう、ございます……」

「うむ」

頷いたディレストは、とても満足そうだった。

しかし、ジョアンナは満足するどころではない。

するりと絡められた脚が、密着した肌が、ジョアンナもディレストも何ひとつ身に着けていないことを伝えている。

ジョアンナはすぐに顔を赤くした。

「ど……っどうして、裸に!?」

「僕は寝る時に服を着る習慣はない」

そういう問題じゃない！　と言い返したかったが、あまりに堂々としたディレストに混乱し、はっきりと言葉が出ない。

「――――っ」

だが声をなくしている間に、ディレストは動き始めていた。

腕に抱いたジョアンナの胸に顔を押し付け、もう一度その柔らかさを頬で確かめているようだ。

乳房の丸みを手のひらで包み、指先でその先端を優しく摘まれて、ジョアンナの身体

の奥がもう一度熱を持つ。

「……っま、ま、って、あの……っん！」

どうして朝からこんなことをしているのかと戸惑い、彼に真意を確かめたかったジョアンナに、ディレストは素早く下肢へと手を伸ばし、脚の間に滑り込ませた。

「あ……っ！」

ディレストの指は、長い。

昨夜、この指に散々いたぶられたことを思い出し、ジョアンナは顔だけでなく、胸元まで真っ赤になる。湧き上がる熱を抑えようとしたが、一度与えられた快楽はジョアンナの意思とは関係なく、身体が覚えているようだった。

「あ、あ、あ……っど、どう、して……っ!?」

ジョアンナは目尻に涙が浮かんでいることに気づいた。

初夜は、もう終わったはずだ。

夫婦がどういう行為をするのかは、昨日嫌と言うほど思い知った。だがジョアンナの求めていた条件はすでに満たされ、終わったはずだった。

それなのに、ディレストの指は徐々に大胆になり、ジョアンナの秘所を開き、いつの間にかぬめりを帯びたままもう一度中へ潜り込んでくる。

「ん、あぁ……っ」

「どうして？」

ジョアンナの反応に満足したのか、胸に顔を埋めていたディレストは身体を起こし、人の悪い笑みを浮かべて言った。

「昨日は君が途中で気を失ったんだ。僕はまだ達していなかったのに。それが許されると思っているのか？」

確かに、ジョアンナの記憶は、途切れていた。

今更だが、どうしてここでディレストと一緒に眠っていたのかすら覚えていない。

昨夜、いったい何が起こったのだったか、と混乱したが、ジョアンナはディレストの子種をこの身体の奥に受けたのは確かだ。

それは間違いではないはず、と気持ちを強く持って、彼にそのことをまず話そうと、彼から離れるために胸を押し返す手に力を込める。

「……っま、待って、だって昨日……！　貴方は、もう私に、私の中に……っ」

しかしそんな抵抗は、ディレストにはなんの意味もなさないようだった。背中に回った腕の力がさらに強くなって引き寄せられた。

彼はとてもおかしそうに笑いながら、ジョアンナの耳元で囁く。

「……ああ、これのことか。……私の出したものが、溢れてしまっているな」

「――――っ」

くちゅり、と粘つくような音がした。ジョアンナの中からだ。

ディレストの長い指が、それをまるで掻き出すように蠢《うごめ》いている。

やめて、と思わず首を振ったが、彼はやめるどころか一層激しく動かし始める。

「そもそも、あれだけで子供ができるはずがないだろう」

「――えっ」

そうなの？　とジョアンナは目を丸くする。

あれで充分だと思っていたのだ。

もう、子供が手に入ったつもりでもいた。

「……できることもあるが、稀だな。通常は何度も繰り返してようやく授かるものだ」

「……そんな……ああっ」

不安を煽るようなディレストの言葉に戸惑うが、ディレストのほうはジョアンナの困惑などお構いなしだ。

秘所の奥でさらに執拗に指が蠢き、ジョアンナの身体に昨夜の熱を思い出させる。

「ああ、昨日の分が、だいぶ零れてしまってたな……これでは、いつ子供ができるか、わからないな」

「そ、そん、な……っんあぁっ」

「……零れないように、栓をしておくべきだと思わないか？」

「――え」

ディレストは驚いたジョアンナの片脚を持ち上げ、股の間に自分の腰を押し付けていた。

そして次の瞬間には、ジョアンナはもう一度あの熱い塊を身体に受け入れることになっていた。

「あああぁっ」

「……っああ、まだ、狭いな」

吐息混じりの声でディレストが教えてくれるが、そんなことはジョアンナにもわかっている。

繋がっているのは一部だけなのに、全身が圧迫されるように苦しかった。

「……っん、ぁ、あっ、ぬ、ぬい……っ」

苦しい、抜いて、と訴えたつもりだった。

だがディレストはジョアンナの背中を撫で、丸い臀部《でんぶ》も手で何度も揉みながら、囁くように言った。

「――抜くのか？」

「んんぁんっ」

ずるり、と引き抜かれたその時、ジョアンナは思わず彼の広い肩に爪を立てた。

「――なんだ、嫌だったか？」

またすぐに、もう一度奥までディレストの塊が戻って来る。

違う、そうじゃない、とジョアンナは首を振った。

目尻から零れる涙は、もう自分で止めることなどできない。

おかしそうに笑うディレストはこんな時でも綺麗な顔をしていて、憎らしいほどだった。

「あっ、あっ」

大きく引き抜かれることもなく、寝台の上で身体をゆすぶられ、ジョアンナはそこからどこかへ飛ばされないように、ディレストにしがみ付くことしかできなかった。

「――ああ、熱いな、ジョアンナ……イってしまいそうだ」

どこかくやしげな、それでも楽しそうなディレストの声が、耳に吹き込まれる。

「あ、あっあん、あぁぁっ」

もうどうなっているのか、ジョアンナに何が起こっているのか、考えることすらできなくなっていた。やがて、昨日と同じようにどこか高みへ押し上げられるように昇り詰めて、最上を知る。

間を置かず、ディレストから熱い飛沫《しぶき》が自分の奥へと放たれたのを感じた。

その刺激にも全身が震え、自分の身体がバラバラになってしまったような説明できない感覚に溺れ、ジョアンナはさらに強くディレストに抱きつく。

それは無意識のことだった。

ジョアンナは胸を大きく上下させ、深呼吸を繰り返す。そのうちに、ディレストの手が優しく背中を撫でているのに気づき、宥められているのだと知る。

ジョアンナが落ち着いてきたのを見てとると、ディレストはジョアンナの背中を寝台に押し付けたまま上体を起こした。

「――んっ」

びくり、と反応してしまったのは、まだ身体が繋がったままだったからだ。

身体の中にディレストを感じながら、ジョアンナと同じように上気した様子のディレストが、熱を放つように髪をかき上げるのについ魅入ってしまう。

――どうして、こんなに綺麗なのかしら……

男性に「綺麗」という表現が相応しいかどうかはわからないが、ディレストの均整の取れた身体は女性のものとはまた違った美しさがある。

大きな肩、広い胸、硬く厚い身体。

腕にも筋肉があるのがはっきりと見えるし、ジョアンナの薄いお腹とは違う、鍛えられた腹部がジョアンナを圧迫している。

ジョアンナは初めて、男女の違いを知った気がした。

その時ふと、自分の視界が広く、天蓋を背にしたディレストのすべてが見えているのに気づく。

「――っ」

ジョアンナは自分の顔に手を当て、そこに何もないのを確かめて、声にならない悲鳴を上げて顔を真っ青にする。

どうして――私、いつから――？

今更手で隠したところで、意味はないのかもしれない。

それでも、自分が顔を晒していることに、ジョアンナはついさっきまでディレストに見惚れていたことを忘れ、震えるほどの恐怖を思い出す。

「な――」

「今更だ、ジョアンナ」

顔を隠さなければ。

仮面を探さなければ、とあたふたするジョアンナに、冷静な声が降ってきた。

何が今更なのかと視線をディレストに戻すと、そこには彼の真剣な眼差しがあった。

「君の顔は昨夜からずっと見ている」

今更隠してどうなる、という冷静な低い声に、ジョアンナの頭は真っ白になった。

どうしよう――

どうしよう、どうしよう……っ。

快楽に溺れてしまった時とは意味の違う涙が目に浮かび、ジョアンナは思わず誰かを探

して目をさまよわせ、この場から逃げなければと四肢を必死に動かすが、上からのしかかられ、繋がったままの身体はまったく動かない。

「落ち着け！」

びしり、と鋭い声で命令されて、混乱の極みにあったジョアンナは、はっと少し自分を取り戻したが、今度は怒りと悲しみに心が支配されていく。

その気持ちを隠すことなく、ディレストを睨み付けた。

「——貴方が！」

何も知らないくせに、彼は何を呑気にしているのか。

ジョアンナは口から感情のままに言葉が出るのを止められなかった。

「貴方が！　狂ってしまうのに！　私の顔で貴方が——！」

しかしその先を、ジョアンナは言うことができなかった。

大きく、柔らかいもので唇が塞がれたからだ。

「……んっ」

見開いてしまった目の先に、整った顔がある。

口付けと呼ぶには、あまりに荒々しいものを受けているとわかったのは、ずいぶん時間が経ってからだった。

「ん、んん……っ」

ディレストは執拗にジョアンナの唇を貪った。顎に手をかけ、開かせた口に熱い舌を送り込み、ジョアンナの口腔をすべて暴くように弄って、どちらのものかわからない唾液をお互いに呑み込み合う。

次第に荒さが消え、彼の舌がジョアンナの歯列を優しくなぞるようになると、心の中の不安が不思議と薄らいでいく。

「ん、ん、ん……」

最初は苦しいだけの口付けだったが、徐々に口端や鼻で息をすることを教えられ、ジョアンナはいつしか甘い口付けに夢中になっていた。

ちゅっと音を立てて、ディレストの唇が離れる。

どちらのものかわからない唾液で濡れた唇を舐めとるように、もう一度優しく唇が触れた。

「……ん」

何度かそれを繰り返され、ジョアンナは綺麗な榛色の目が真剣にジョアンナを見つめていることに気づき、そして同じようにジョアンナも彼を見ていることに気づいた。

「――落ち着いたか」

彼の声を、久しぶりに聞いたような気がした。

どこかまだぼんやりとしていたジョアンナは、ディレストが濡れた自身の唇を舌で舐め

とる仕草に、思わず頬を染めたが、狼狽えはしなかった。

暴れることも、大声を出すことも、逃げることもしなかった。

「君が何か理由があって、顔を隠しているのはわかっている。さっきは、僕が狂うと言ったか？　今、僕が狂っているように見えるか？」

真剣な目で問われ、ジョアンナは動けなかった。

狂う？

この人が？

彼が、ジョアンナに狂っているとは、思えなかった。

そのことにジョアンナはほっとしながらも、心が何かにチクリと刺されたような痛みも覚えた。

――今の痛みは、何かしら……？

自分の感情が気になったが、目の前には冷静なディレストの顔が視界いっぱいに広がっていて、すぐにそっちに意識が向いてしまう。

「理由はわからないが、君がその顔を隠す必要があるのなら、そうすればいい。君の顔だからな。ただ、僕の前では、もう今更だ。何度も見たし、覚えた。それに――」

ディレストは確かめるようにジョアンナの顔の輪郭《りんかく》を指でなぞっていく。

それに落ち着かない気持ちになるものの、続きが気になってジョアンナはディレストの

声に集中した。

「僕は綺麗な顔には、鏡を見て見慣れている」

「――――」

あっさりと放たれた言葉に、ジョアンナは何を言われたのか理解するのが遅れた。

しかしすぐに彼の言いたいことに気づくと、怒りとも恥ずかしさとも違う、呆れに似た複雑な感情が湧き上がる。

「――自意識過剰!!」

どうしてそんなに自信を持てるのか、逆に心配になってしまうほどだが、言われたディレストはまったくこたえていないようだった。

「過剰だと思うか?」

「――――っ」

答えはひとつしかないというような、自信たっぷりの返しに、ジョアンナは顔が熱くなって、ますます答えたくなくなる。

綺麗だけど、確かに男の人でも綺麗だけど――!

ジョアンナはどうしても、素直に答えることができなかった。

むしろ、答えたくない。答えてなどやらない、と心を強く固めた。

「もう、離してくださる!? 朝からこんなことをして、恥ずかしいと思わないの――」

「もう僕らは夫婦だろう。恥ずかしいことなどあるか。そもそも、今のは昨日君が中断した続きをしただけだ」

「――でも！　もう充分だわ！　そうでしょう……っ!?」

子種は貰い受けた、と言ったつもりだった。

だがその時、未だ彼と繋がっている場所が疼き、彼の硬いものが、脈打つのを感じた。

――また、大きくなってるような……!?

不安を覚えつつ、顔を赤らめてディレストを見上げると、整った造形の顔が人の悪い笑みを浮かべていた。

「――覚えておくといい、ジョアンナ。男は、朝は非常に元気なのだ」

「――――っ」

ジョアンナの悲鳴は、ディレストにされた口付けで塞がれたため、彼の口の中に消えていった。

結局、ジョアンナが動けるようになったのは、その日の、もう陽も落ちかけた頃だった。

そして翌朝、ジョアンナはまた驚かされることになったのだった。

四章

ジョアンナが最初に誘拐されたのは、二歳になったばかりの頃だったらしい。

ジョアンナはその時のことはまったく覚えていないが、両親が半狂乱になっていたのはおぼろげに覚えていて、ひどく衝撃を受けたことは忘れられないでいた。

そして年を重ねるごとにジョアンナの身の危険は増していった。十歳になる前にすでに誘拐、誘拐未遂を合わせて、その回数は両手の指の数を超えていた。

ジョアンナは父の領地で、厳重に護りをかためられた館の部屋からひとりで出ることさえ叶わなくなっていたが、それだけでは足りないと思ったのか、まだ八つの頃のジョアンナに仮面を与え、人前でそれを取らないことを誓わせた。

その後、慕っていた乳母に誘拐されそうになった時、父は決意したらしい。

娘の警護はもっと厳重でなければならないと。父は、すぐに王に連絡を取り、結果ジョ

アンナは王宮へ行くことになったのだ。

確かに、王宮の奥深くにある後宮は王の居住区として厳重に護られている。立ち入る者は限られているし、その者たちはすべて王の信頼が厚い。

誘拐される原因は、ジョアンナもわかっている。

この顔がよくないのだ。

ジョアンナは自分の顔を見たくなくて、最近は鏡すら満足に覗いていない。

ジョアンナを攫った者たちは、陶酔した顔をして、全員同じことを口にした。

『他の誰にも見せたくない、与えたくない、ふたりだけの部屋でずっと自分だけを見ていればいい。もう誰にも邪魔させたりしない』

そんな言葉を聞かされて、ジョアンナが喜ぶはずもなかった。

両親のどちらにも似ているとわかる顔であるのに、ジョアンナの容貌は人を狂わせる。

黒い髪は緩く癖づき、同じ色に縁取られたまつ毛と、黒曜石のようだと言われる瞳。白い肌にはそれらがとても映えていた。

五歳の時、母を病で亡くしてからは父だけを頼りにしていたが、遺言の内容を見るに、その父にも見捨てられた気がして、ジョアンナは自分の顔が一層憎くなった。

いっそ二目と見られない傷でもあればよかったのにと、何度思ったことだろう。

ジョアンナは父との誓いを守り、カリナの前であっても仮面を取ったことがなかった。

その仮面を剝ぎ取られるなんて。

ジョアンナはこの結婚がいいもので終わらない気がして、不安に押しつぶされそうだった。


カタコトと、車輪の回る音を聞きながら、ジョアンナは領地に向かう馬車の中にいた。

何故か隣には、夫となったばかりのディレストが座っている。

いったいどうして、と疑問を感じるのは、今朝目が覚めてから何度目だろう。

初夜を終えた翌日、ジョアンナは早朝からディレストにまた押し倒され、身体を繋げることになってしまった。

もう充分だからやめて、と何度言っただろう。

しかし薄いカーテン越しに陽の光が差し込む寝室で、ジョアンナは大いに乱れた。

いや、乱れさせられた。

夜になって、ようやく一息つくことができたが、その頃にはジョアンナの体力はほとんど残っておらず、四肢を投げ出してひたすら疲労回復に努めていたようなものだった。

できればそのまま眠ってしまいたいと思ったが、ジョアンナを心配したカリナが付き添ってくれていたため、食事をしたり身体を清めるために湯浴みをしたりと忙しなかった。

ディレストは、ジョアンナを解放した後で、何故か機嫌よく仮面を返してくれた。

『君には必要ないと思うが……落ち着かないのなら付けていればいい』

そう言ったディレストは、機嫌は悪くないものの、傲慢《ごうまん》な態度は改めなかった。

こんなに疲れているのは、誰のせいだと思っているのか。

落ち着かないなどと、そんな簡単な理由で付けているわけではない。ジョアンナを見た相手が呪われて狂ったようになってしまうからだ。

なのにディレストは、何も変わったことなどなかったかのように、ジョアンナの素顔を見ても平気な顔をしている。

そしてジョアンナを大げさに称えたり、縋りついてきたり、攫ってしまおうなどという様子はまったく見せず、とどめには「自分の顔を見慣れているから」とさえ言ってのけた。

――まさかそんな人が、いるなんて……

ジョアンナは驚き訝《いぶか》しんだものの、変わらないディレストにどこかほっとしていたのも事実だった。

どうしてディレストは平気なのか――不思議であったが、だからと言って他の人も同じだとは限らない。

そんなに簡単に払拭されるような、不安や恐怖ではないのだ。

そんな不満や、不安な現状を抱えながらも、身体は限界に達していて、その日はカリナ

に一通りの世話をしてもらってすぐに寝台で休んだ。

そして今、ふかふかのクッションに身体を押し付けながら、ジョアンナはできるだけ壁にくっついて座っている。

隣に座る夫と距離を取ろうとしているのは、誰が見てもわかるだろう。

けれどディレストに気づかれても構わないと、ジョアンナは思っていた。

どうしてこんな状況になったのかと、この期に及んでまだうじうじと悩み、結果子供のようにふてくされているからだ。

そんなジョアンナとは対照的に、ディレストは大変ご満悦《まんえつ》の様子で、何がそんなに嬉しいのか、鼻歌を歌い出しそうなほど陽気な様子で外を眺めたりジョアンナを見たりしている。

「ジョアンナ、僕に凭《もた》れてもいいぞ。身体が辛いだろう？」

誰のせいでこうなったと!?

と言い返したかったが、拗ねているジョアンナは会話をしてやらないと決めていたので、ただ相手を一睨みするだけに留めた。

それもこの仮面の下からだから効果は半分もないかもしれない。

ジョアンナが彼を警戒するのは間違ってはいない。

何しろ、この夫はジョアンナの顔を見た人間なのだ。

父が亡くなった今となっては、ジョアンナの顔を見たことがあるのは、もうディレストひとりかもしれない。

それが嬉しいのか悲しいのかわからないが、面白くないことだけは確かで、ジョアンナは目を据わらせていた。

「ほら、せっかく馬車も大きなものを用意したんだ――君がゆっくり寝られるように」

ディレストはジョアンナが寝台で眠りこけている間に、慌ただしく動いていたようだ。

どうやら、この馬車の手配をしたり自分の荷物を持ち込んだりしていたらしい。

ジョアンナとディレストの間には、ゆうに三人は座れるほどの空間が広がっていた。

確かに、ジョアンナなら椅子の上に転がり、クッションを敷いて寝られるだろう。

ひとりか、もしくはカリナと一緒であれば、遠慮なくそうしたかもしれない。

けれど、カリナは後ろを走る通常の大きさの馬車に荷物と一緒に乗っていて、ディレストの侍従もまたその御者席に座っている。

ジョアンナとディレストが乗る馬車は、王宮の部屋にいるのではと錯覚するような豪華な造りで、もし寝転がれたらなんの憂いもなく心地よい空間であるはずだ。

しかし、そこにディレストがいるというだけで、ジョアンナの身体は強張り、落ち着けるはずなどなかった。

「――どうして」

ジョアンナはいい加減、拗ねるのをやめて話さないと何も前に進まないと、怒りは保ったまま、声に出して抗議することにした。

「どうして、貴方まで領地に向かっているの？」

「妻が領地に向かうのに、夫が王都にひとりでいるのもおかしな話だろう」

さも当然のように言われても、ジョアンナはさらに混乱するだけだ。

何しろ、この夫は結婚する前、契約結婚を終えた後は王都でこれまでと同じ放蕩のかぎりをし、女性を渡り歩く生活に戻ると言っていたのだ。

何か裏があるのか、と考えても、ジョアンナと一緒に田舎に行く理由など思い当たらない。

「あの……でも、貴方は私の、ベルトランの領地に行く必要は、ないでしょう？」

「結婚したんだから、当然だろう」

「——えっ」

いったいぜんたい、いつそんな話になったのだろう。

ジョアンナはあの条件で、契約結婚を受けてもらうだけでもありがたいと思っていたし、必要以上に相手を縛り付ける必要はないと思っていた。

ディレストもそうするつもりだと思っていた。

少なくとも、婚礼を行う前まではそうだったはずだ。いったい何があって、気持ちが変

わったのか。

もしかしたら、ひとりで領地を経営していくことになるジョアンナに同情してくれているのかもしれないと思うと、とたんに申し訳なくなる。

「あの、この結婚は——いえ、今更だけれど、結婚してくださって、本当にありがとうございます。父の遺言は果たせたので、私は領主になれます。だからもう、以前お伝えした通り、貴方を縛り付けるものなんて何もなくて、むしろ自由に、結婚していることは気にせずこれまで通り暮らしていただいてもいいのです……けど」

その言葉に、ディレストは目を見開き、そして最後には盛大に顔を顰めていた。

一瞬でふたりの間にあった距離を詰め、ジョアンナの手を取って言う。

「何を言っているんだ？　結婚は結婚だろう？　君はもしかして、僕をあれだけ弄んでおきながら、要らなくなったら捨てると言っているのか？　一度身体を繋げただけで捨てるなど、君は悪女か？」

「——っ!?」

何を言っているんだ、はこっちの台詞だ、とジョアンナは言いたかった。

しかしディレストの迫力に押され、同時に強い視線に何か恐ろしい気配も感じて、慌てて首を横に振る。

「あ、あの、でも、だって——貴方は、王都での生活が、お好きなのかと……ベルトラン

は、何もない、本当にただの田舎の領地なのよ……」

「君が居るだけで、僕にとってはどんなところも桃源郷《とうげんきょう》のようだよ」

「――――」

何か変な言葉が聞こえた気がするが、ジョアンナは聞こえなかったふりをした方がいいと思い、改めてディレストを見た。

相変わらず整った顔立ちだった。

従弟であるらしいからどこか王にも似ている気がするが、荒々しさを感じる王に対して、ディレストは貴公子という言葉がよく似合う風貌《ふうぼう》だ。

社交界で名を馳せているのもよくわかる。

そこでふと、こちらを覗き込む表情が真剣であるようでいて、その目が笑っていることにジョアンナは気づいた。

――この人は！

ジョアンナをからかっているのだ。

ジョアンナが初めて耳にするような女性を蕩けさせるような言葉を囁き、昨日の感触を身体に思い出させるように手を撫でながら笑っているディレストに、一瞬で怒りが湧き上がる。

「――そんなふざけたこと言ってないで！　本音はなんなの!?　魂胆は何!?」

ジョアンナが声を荒らげると、それが面白かったのか、ディレストは外にも聞こえるような声で笑った。

その笑い声は、とても耳に心地よいものだった。

怒っているのに、胸がどきりと鳴ってしまう自分に、何を考えているのか、と憤る。彼に振り回されないように心をしっかりと持ちディレストを睨んだ。

ひとしきり笑ったディレストは、面白そうな笑みを保ったまま、ジョアンナに答えた。

「――まだ、条件を満たしていないからだ」

「……え？」

「子供を作るのが条件なのだろう？　それを手に入れなければ、君も困る。言わば、これは僕の善意の行動だ」

「――――」

ディレストの言葉は、ジョアンナには思いもよらないものだった。

声を失くし、内容を理解して顔を赤らめる。

仮面すら真っ赤になっているのでは、と思うほど顔全体が熱かった。

「で……っだ、だって、でもっ、昨日、あんなに……!?」

子種が溢れないように、と深くまで繋がり、栓までされた。

何度も何度も、ジョアンナはディレストに高みに昇らされ、熱いものを受け止めた。

一度では無理だ、と言われてなるほどと納得したが、あれだけしたのだからもうさすがに宿っているものと思い込んでいたのだ。

しかしもしも宿っていないとしたら、ディレストの行動はとても助かる。

ジョアンナは一度領地へ戻れば、王都へは必ず出席しなければならない催しの時のみ赴くつもりだからだ。

ジョアンナを苛立たせるばかりのディレストだが、助けられているのだと思うと安心するより心苦しくなる。

王都で悠々自適に暮らしていた人を、自分の勝手な都合で引き止めてしまうのはどうか、と思ってしまうのだ。

ジョアンナはそこで、何故自分が領地に向かいたいのか、ちゃんと話すことにした。本当に協力してくれるつもりのディレストに理由を話すのは礼儀だと思ったし、意志をちゃんと知っていてもらいたいとも思ったからだ。

「――私は、父の跡を継いで領地を豊かにするのが子供の頃からの夢で、早く領地に帰りたいと、いつも願っていました」

「――うん？」

突然何を話しだしたのか、とディレストは首を傾げたものの、ジョアンナの様子を見てちゃんと聞く姿勢になってくれた。

「でも、いつまで経っても、父から帰ってこいとは言われなくて、とうとう――」

父が、死んでしまった。

父の死を不意に思い出し、ジョアンナは言葉が止まった。

領地に帰っても、懐かしい領主館に戻っても、もう父の姿はどこにもないのだ。

一月に一度はジョアンナのもとを訪れてくれていた、忙しくても娘想いの優しい父は、もうどこにもいない。

「――」

葬儀も終わって、遺言まで聞いて、勝手に提示された条件に振り回されて、なのに今更、そんなことを実感するなんて。

ジョアンナは仮面の下がひやりと濡れたのがわかった。

そして止まることなく、仮面の下で涙が流れているのを感じた。

「あ――」

こんな時になって、止まらないなんて。

葬儀の時だって、涙なんて出なかったのに、何故今更。

今更――

ジョアンナの涙は、止まらなかった。

そしてその身体はいつの間にか、ディレストの腕の中にあった。

大きな腕の中に、細い自分の身体がすっぽりと収まっている。

そもそも逃げ場などないのに、逃げられないようにしっかりと抱き止められている。

その腕の強さに、ジョアンナは肩口に顔を埋めながら、自らも手を伸ばしてディレストの服にしがみ付いた。

「――っう、あ、ぁ……っ」

「……好きなだけ、泣けばいい」

優しい声だけが、ジョアンナの耳に届く。

父の声とはまったく似てもいないのに、腕の強さがジョアンナの心を緩めてしまう。

ジョアンナはこの日初めて、亡き父を想って泣いた。

*

ジョアンナが泣き止んだのは、それからかなり時間が経ってのことで、休憩にと一度馬車を止めた頃だった。

その頃にはもう、子供のように鼻をぐずぐず鳴らしているだけで、ほとんど涙は出てい

ないようだった。

ジョアンナの涙は、心に響く。

女性に対して諦めていたディレストの心を奮い立たせ、求めていたものを思い起こさせる。

これはなんだろう、と考えながらも答えを知っている気がした。

「ジョアンナ」

優しく声をかけながら、仮面を取ってその涙を舌で舐めとりたいと思っているが、必死にそれを耐える。

馬車の中とはいえ、外には使用人や護衛の者たちもいる。

不用意に仮面を取って、他の誰かにこの顔を見せたくはなかった。

腕の中で、縋るようにして泣くジョアンナを宝物のように抱きしめ、その香りに包まれたい思う渇望を確かめる。

もしかして、と思う。

まさか、とも考える。

しかし、間違いではない。

これが——僕の求めていたものだ。

ディレストは昨夜からの自分の気持ちの変化にそう確信して、逃がしてなるものか、と

笑った。

ジョアンナに見られれば、急いで離れられてしまいそうな笑みだとわかっていたが、顔が緩むのを止められなかった。

何しろ、彼女を探すために、ディレストはこれまで女性という女性を渡り歩き、放蕩者と呼ばれるまでになったのだから。

ジョアンナを腕に抱き、どうしたら彼女が自分から離れないようになるだろうと考えた。

しかし考えるまでもなく、もう自分たちは結婚していたのだった。

これ以上の深い関係があるだろうか。

何かしらの理由があって、仮面を付けている仮面姫。

処女であったジョアンナを貫いたことで、寵妃であった可能性は消えた。

もしジョアンナの顔に醜い傷があったとしても、彼女を腕に抱く満足感と幸福感の前にはなんの意味もなかっただろう。

可愛いジョアンナ。

愛らしいジョアンナ。

ディレストを狂わすために存在しているような、素晴らしいジョアンナ。

そんな彼女の色香に、理性は呆気なく崩壊した。

当初は、一夜以上付き合うつもりなど本当になく、すぐに別れて暮らすものと決めつけ

ていたが。ジョアンナの仮面を取った時、ディレストは時が止まったかのように感じた。

まるで黒曜石のような瞳が、涙に濡れてディレストを見上げている。

黒い髪と、白い肌。

熱で上気した身体。

そのすべてが、自分のものだと感じた。

そしてそれをジョアンナに知らしめるべく、本能のままに突き進んだ。

昨日からの渇望が、自分の中にあった何かが、はっきりした。

彼女こそが——自分の求めていた人だと。

ジョアンナを、ずっと探し続けていたのだ。

こんなところにいたなんて、ずっと隠していた従兄が恨めしい。

おかげで、ずいぶん遠回りをしてしまった。

けれどこの先、ずっと一緒にいられると思うと、興奮と歓喜でディレストはどんなことでもやってのけられそうな気になる。

ジョアンナがやりたいと言うのなら、ベルトラン領の繁栄に力を尽くすだろう。

それがジョアンナの夢だと言うのなら、その隣にいるのがディレストの夢なのだから。

泣きじゃくっていたジョアンナは、ようやく落ち着いたのか、恥ずかしそうに顔を俯かせてディレストの胸を押し返している。

「――ジョアンナ」

しかしそれを、簡単に許すつもりはない。

本当なら、少しも離れていたくないのだ。ようやく見つけた愛しい者を、ずっと腕に閉じ込めておきたい。

「これ、取ってもいいか？」

「――だ、め！」

ちょい、と指先で白銀の仮面に触れると、ジョアンナは慌てた様子で仮面を両手で押さえる。

取ってももう自分には関係がないのに、と思わず笑ってしまうが、警戒心を剝き出しにして仮面の向こうから見つめてくる目が堪らなく可愛らしい。

「もう休憩だ。カリナに冷たい水を用意してもらうから、それで一度洗うといい。馬車には、ひとりにしてあげよう」

囁いて、するりとジョアンナから離れると、仮面の下の目がきょとんとなったのがわかった。呆気なくて、驚いたのだろうか。

それも可愛い、と笑いながら馬車を出ると、待ち構えていたのか、カリナが前を塞いでいた。

「カリナ、桶に水を用意してくれ」

「――どうしてです!?」

喧嘩腰のこの侍女は、ジョアンナにとても忠実なようだ。

騎士団長であるロベルトの妻で、長く王宮で侍女として働いていたことからお互い見知っている仲なのだが、ジョアンナとこうなってから、カリナの警戒心はジョアンナよりも上回っている。

自分の母より若く、叔母と言うには元気な彼女は、姉のようにも思える。

大事に護っていた娘を取られて毛を逆立てている猫のようでもあり、その必死さがまた微笑ましい。

ジョアンナを大事にしているとわかるから、ディレストは怒ることができない。

護衛として一緒に来ていたロベルトが、後ろで肩を竦めているのを見ると、手の打ちようがないということなのだろう。

ディレストは正直に言った。

「少し、アルカナ侯を思い出して泣いていただけだ。顔を洗いたいだろうから、水を」

「――わかりました、すぐに。ディレスト様には、軽食をご用意してあります、あちらに」

「あとで、ジョアンナといただこう。妻もそろそろお腹が空いている頃だからな」

侍女の仕事をきっちりとするカリナに馬車から離れた場所を勧められたが、笑顔で返し

ておいた。

「――――！」

ジョアンナと離れるつもりはなく、もう自分のものである、と言外に主張すれば、カリナの怒りは沸点を超えたのか、頭から湯気を立ち上らせそうな勢いでディレストに背を向けた。

ジョアンナの水を用意しに行くのだろう。

「――あまり、からかわないでいただきたい」

それを見送ると、見計らったようにカリナの夫であるロベルトが声をかけてくる。

この夫婦は子供がいないが、夫婦仲は円満で、いつまで経っても王宮一のおしどり夫婦と評判だ。

仕事のできる侍女の妻と、騎士団長の夫。

その立場にある者たちを、簡単にからかえる者は少ない。

ディレストもいつもなら首を突っ込まないところだが、ジョアンナに関することなら話は別だ。

つい、反応が面白くてついていってしまったが、カリナが本気でディレストからジョアンナを引き離そうとするのなら、騎士団長を敵に回してもカリナを遠ざけるだろう。

「悪かった、つい。ジョアンナのためを思ってくれているのはわかっているから、もう遊

ばない」

「――ディレスト様、この機会に聞いておきますが……本気なのでしょうね？」

剣の腕では、未だ国内一を誇るロベルトの眼光は、鋭い。

その視線で射貫かれて、ディレストは顔を顰めた。

ロベルトの言葉の意味は、わかっているつもりだ。

彼も、ジョアンナのことを心配しているようだった。

ジョアンナを主人とする侍女のカリナだけではなく、その夫も同じように大事に思っているなんて不思議なものだ、と思いながらもはっきりと頷く。

「――ジョアンナは、僕のものだ。この先一生、僕が護ると決めている」

これまでずっと、ジョアンナを探していたのだ。

ようやく見つかって安堵もしたが、今までどうして隠れていたのか、怒りたくもなる。

ディレストの人生はジョアンナと共にあると、彼女を探し始めた十八年前から決められているのだ。

強い視線を受けて、ロベルトも納得したように頷いた。

「それなら、いいのです」

「どうした、ロベルト。まるでジョアンナの父親のようだぞ。カリナと合わせて、二親のような――」

笑ったディレストに、ロベルトの目は真剣なままだった。

「――どうした？」

「親、になることはできませんが、そのような気持ちを持ってはおります――ジョアンナ様に」

ロベルトの言葉に、ディレストの顔も改まる。

「陛下より、ジョアンナ様を引き合わせていただいたのは、十年ほど前になりますか……夫婦揃ってジョアンナ様を助けるように、と言われたのが最初になります」

十年前――それは、ジョアンナが王宮に住み始めた頃のはずだ。

ロベルトの告白に、ディレストは意識を集中させる。

「アルカナ侯にも、何度も念を押されました。決して、他の者に任せたりせず、護り通してほしい、と。あれほど大事にされているお嬢様と離れて暮らさねばならないアルカナ侯が、憐れに思えたほどで……私はその時、カリナと誓いました。自分の子供を護るように、ジョアンナ様をお護りしようと」

幸いにも、私たちに子供はおりませんしとロベルトは笑ったが、その想いは誠実で、真剣だった。

「カリナはほとんどジョアンナ様と一緒でしたし、私も時間の許す限り、一緒にいるようにいたしました。何度かベルトラン領へ向かわれたり、王宮から外へ出られる時の護衛に

は、常に私が付いておりましたし」

「そこまで――」

アルカナ侯が、たったひとりの、大事な娘を王宮に閉じ込めた理由。

騎士団長とその妻が、必死に護るその理由。

王が、その権力を使って隠し続ける理由。

王宮の奥、後宮からほとんど出ることもなく、仮面を付け続ける理由。

ディレストは今更になって、その理由に気づいた。

「――顔、か？」

肯定するように、ロベルトは目を伏せた。

ディレストは納得しながらも、しかし、と思い返す。

「ジョアンナの顔は――どうして、そんなに隠そうとする？　美しいからか？」

「私は見たことがありません。ですが、アルカナ侯が言うには――彼女の顔は、人を狂わせる何かがある、と」

だから、隠されてきたのだ。

狂わされる、何か――

そうだろうか、とディレストは考える。

何故なら、ディレストがジョアンナに夢中になっているのは、顔が美しいからではな

かった。

その姿が、声、存在すべてがディレストをおかしくさせる。

どこかに閉じ込めて、誰にも見せないようにしてしまいたい。

――なるほど、これが狂わされる、ということか。

納得しながらも、ディレストには彼女の想いを尊重する理性は残っている。

だからこそ領地に向かうジョアンナにくっついているのであり、この先も離れないと決めているのだ。

頷いたディレストに、ロベルトは何かに思い至ったような顔になり、焦りを含ませた表情で聞いてきた。

「――まさか、ディレスト様、貴方は昨日……」

「……ジョアンナの仮面は、都合がいいな。この先も、彼女の顔を見るのは僕だけでいい」

ディレストが笑って返すと、ロベルトは怒りのような戸惑いのような、諦めのようなものを混ぜた曖昧な表情になり、最後に笑った。

「――貴方になら、お任せできるのかもしれません」

「僕はジョアンナのために側にいて、これからもジョアンナのために生きるからな――さて、そろそろジョアンナもお腹が空いている頃だろう」

「――ディレスト様、こちらを」

馬車に戻ろうとしたところで、いつの間にか背後に控えていたクラウスが小さな籠に入れた軽食を差し出してくる。

「ん、ありがとうクラウス」

「お飲み物は、蜂蜜を入れた紅茶を用意してあります」

「わかった」

玉子とキュウリを挟んだサンドイッチに、甘く柔らかいマドレーヌ。そして喉に良い紅茶。

クラウスはいつもながら気が利いている。

「気配を感じなかった……ディレスト様の侍従は、本当にただの侍従ですか？」

ロベルトの呟きが背中に聞こえたが、クラウスは誰よりも優秀な侍従だ、と心の中で返し、馬車の扉を軽く叩いた。

「ジョアンナ、入るぞ」

一拍遅れて、中から「はい」と返事を貰う。

扉を開けると、一度仮面を外して顔を洗ったのか、さっきよりすっきりとした顔のジョアンナが座っていた。

「お腹が空いているんじゃないか」

ジョアンナは朝起きたのも出発直前で、おそらく疲れもあって朝食は取っていないはずだ。

疲れは取れていないだろうが、空腹は感じる頃だろう。

そう思っていると、ジョアンナがバスケットの中を見て表情を綻ばせた。

——仮面を付けているのに表情がわかるなんて、僕はもしかしたら重症か……？

ジョアンナのことなら、どんな些細なこと、小さなことでも見逃したくないと思っている心の表れかもしれない、と思いながらカップに紅茶を注いでやる。

「温まるだろう」

「……ありがとう、ございます」

「蜂蜜入りだから、喉にもいい」

「…………」

誰のせいで、というような視線を向けられたが、頬が赤く染まっているのがわかって気分はまったく悪くならない。

自分のせいだと思うと、ジョアンナのことならどんなことでも嬉しく感じる。

一緒に紅茶を飲みながら、甘いが美味しいとディレストも思う。

「クラウスの淹れるお茶は美味しいからな」

「——ええ、はい。本当に……クラウス、というのは」

「僕の侍従だ。紹介したかな？」

「……ええ、あの、ご挨拶は、していただきました……とても丁寧で、お優しい」

「クラウスは侍従だが家宰の仕事も任せられる優秀な使用人だ。この先も、ジョアンナが使いたいように使ってもらって構わない。あいつも喜んで仕えるだろう」

マドレーヌを手に取って食べていたジョアンナは、ディレストの言葉に目を瞬かせ、顔を上げた。

何かを思い出したかのようだ。

「あの」

「なんだい、ジョアンナ」

「先ほどの話なんですが、ディレスト様」

名前を、呼ばれた！

これで二度目だ。

それだけで、ディレストはなんでもできてしまえそうになる。

その喜びに、このまま押し倒してしまいそうな気持ちを必死に堪え、笑って促す。

「先ほど、の、なんだったか？」

「ですから、あの――このまま、ディレスト様が、ベルトラン領に来られる、ということについて、です」

「――うん、それが何か？」

「その――ベルトラン領は、とても広いのですが、農地ばかりで……何もないところなのです」

「うん。ヴェルト平原は広く、気候もよく、農作物を育てるのに最適な環境だ」

「そうなんです、毎年備蓄もできていて――いえ、そうではなく。ベルトラン領は、田舎で、何もないということです――王都とは違って」

「うん？」

「社交をするようなお相手もいませんし、遊ぶような場所もありません。本当に――」

「――ジョアンナは、ベルトラン領が嫌いなのか？」

「いいえ！　――いいえ、そんなはずがありません。好きです。本当に、早く帰りたくて仕方がないくらい、私にとって大事な場所なんです！」

そう断言する言葉に、嘘はない。

だとしたら、ジョアンナの言いたいことはなんだろうか。

貶しているようで、褒めているのか。

ジョアンナはもしかして、褒めることが苦手なのだろうか、と思っていると、心を決めたようにジョアンナが言った。

「ですから、ディレスト様がいらしても、きっと退屈されると思うのです――陛下のご命

令とはいえ、無理を押し付けたのは重々承知しておりますし、ご協力いただけるのもとても助かるのですが、これ以上のご迷惑は、と――」

「ジョアンナ、もしかして領地に他の男がいるのか？　だから僕を王都に返したい、と？」

「――まさか！　そんな――そのような、人は、他に誰も……」

「ではどうして僕から離れようとする？」

ディレストの声は、低くなっていた。

ジョアンナの肩が揺れ、怯えを見せているのがわかる。

しかし、この行き場のない怒りに似た気持ちは抑えきれない。

いったい何を思って、ジョアンナは僕を切り離そうとするのか？

他に男がいないのなら、どんな理由がある？

いや、それが嘘で、領地には昔からジョアンナと繋がった男がいて、どうにかしてジョアンナはそいつと添い遂げるために自分を引き離そうとしているのかもしれない。

ジョアンナは、亡きアルカナ侯の遺言をしぶしぶ守っただけで、本当は僕なんかと――

そう考えただけで、血が煮えたぎりそうだった。

このまま、場所なんて考えず、ジョアンナが誰のものなのか見せつけるために押し倒してしまおうか。

泣いて叫んでも、ジョアンナが僕の妻であることは確かだ。

王の認めた誓約書がある限り、他の誰にも彼女を奪うことはできない。

誰も――

そう考えたところで、ジョアンナの言動を思い出した。

もしかしてジョアンナは、条件はすべて満たされた、と本気で思い込んでいるのだろうか。

ジョアンナが侯爵位を継いで、ベルトラン領の領主になるために提示されたという、アルカナ侯の遺言。

王から聞いて、ディレストも覚えている。


ひとつ、領民のため、国のために尽くす領主となると誓うこと。

ひとつ、結婚し、伴侶を得ること。

ひとつ、さらなる後継者をもうけること。


今となっては、大変ありがたい遺言ではあるのだが、ジョアンナはこの条件を満たしたと思い込んでいて、だから、ディレストはもう要らないと、言い張っているのだろうか。

ディレストは首を傾げた。

最初のふたつは、納得できる。

ジョアンナがディレストのものになった時点で、満たされている。

しかし最後のひとつは、まだ確定していないはずだし、ディレストも子供は一度夜を共にしたくらいではできない可能性が高いと伝えたはずだ。

「――ジョアンナ、条件はまだ満たしていないはずだが」

「――え」

ジョアンナは目を瞬かせ、それから恥じらうように俯き、耳まで赤く染めて囁いた。

「そ……それは、そうかもしれませんが」

「なら子供を作るためにも、僕が一緒に居たほうがいいだろう？　何が気に入らないんだ」

「気に入らないのは――」

ジョアンナは戸惑いながらもディレストを見た。仮面を付けていても、ディレストには彼女が何か心配事を抱えているのがわかった。

わかってしまう自分をすでに重症かもしれないと思いながらも、ジョアンナに関することなら妥協はしないと決めたディレストは言葉を促した。

「――なんだ？」

「――貴方が、田舎では……退屈するのでは、と」

「……は？」

「で、ですから、田舎なんです。何もないのです……ベルトランは。貴族が買い物をするようなお店も芝居を見るような劇場もたくさんのご令嬢たちが集まるようなサロンだって――」

何もない、と最後にはそのことがまるで自分を否定されでもしたかのように拗ねてしまったジョアンナに、ディレストは目を瞬かせた。

驚いたのだ。

まさか――まさかそんなことを心配されているとは。

く、っとディレストは自分の声が漏れるのを抑えられなかった。

「――っく、は、あははははは！」

「なんです!?」

我慢できず大きな声で笑ってしまうと、ジョアンナは自分が笑われたように驚き、そしてなおも笑い続けるディレストに不満を感じたのか、本当に子供のように唇を尖らせた。

「――もう！　なんなの!?　私は貴方のことを心配して――生活が変わってしまうのに申し訳ないとも思って――！」

「ふ、ふふ、ははは、そうか」

笑いの発作はなかなか治まらなかった。

それでも、拗ねる様子のジョアンナが愛しくて堪らない。

ディレストは細い身体を引き寄せ、腕にしっかりと抱いた。

「放して！」

「放すものか」

ディレストは顔を覗き込みながら、仮面を縛る紐に指をかけた。

「――だ、だめ！」

ディレストが何をしようとしているのか、すぐに理解したジョアンナが慌てて自分の顔に仮面を押し付ける。

しかし片手を取って、顔を傾けたまま、唇を塞いだ。

「――ん……っ」

ジョアンナの柔らかく、甘い唇は、ずっと食べていたくなる。

笑いの発作は治まったものの、口元に笑みは残ったままだ。ジョアンナを抱き、口付けているのだからそれは永遠に治まらないだろう。

ディレストが深く、何度も角度を変えながらジョアンナに口付けを与えていると、次第に彼女の抵抗は緩み、とうとう身体から力を抜いたのを感じた。

そこまでして、ディレストはようやく唇を開放する。

同時に、仮面をゆっくりと剝がした。

「――君は存外、馬鹿だな」

「――え？」

濡れた唇を拭うこともできないほどぼんやりとしていたジョアンナは、ディレストの呟きに理性を取り戻したように瞬き、きゅっと眉を顰めた。

「ど、どういう……」

「僕が田舎を嫌いなどと、一度でも言ったことがあるか？」

ジョアンナの憂いていた理由が、まさかディレストのためを思ってなどという、ディレスト本人でも思いつくはずがない見当違いのことで、いっそ呆れるほどだ。

「で……でも、貴方は、だって」

子供のような言い訳じみた言葉を繋げるジョアンナがもっと見たいなんて、ディレストは自分がもうとことん彼女にのめり込んでいると実感した。

しかし確かに、ジョアンナが心配しているのも頷ける。

ディレストは王都で、社交界で放蕩の限りを尽くしていたのだ。

女性たちの間を渡り歩き、彼女たちへ贈り物をすることを厭わず、喜ばすことも躊躇わず、基本誘われたらどこへでも赴いた。

宝石店で装飾品を買うこともあったし、華やかなサロンで時間を潰すこともあったし、観劇を楽しむことも、すべて躊躇わなかった。

女性たちだけではなく、友人たちとの付き合いもあった。

誘われればカードを楽しんだし、夜が明けるまで飲み明かすこともあった。

それらは貴族の遊びとして普通のことだが、すべてに付き合うなど、暇と金を持て余しているディレストだからできることだった。

そんな暮らしをしていれば、ディレストが田舎を厭っているとジョアンナが思ってもおかしくはない。

しかし、ディレストは王都に居たかったわけではない。

他にどこも行く場所がなかったから、そこに居ただけだ。

そして今、一番欲しかったものが、腕の中にある。

ジョアンナさえいれば、他に何も要らないくらいなのだ。

そのジョアンナが田舎に行くというのなら、ディレストが一緒に行くのは当然のことだが、まだジョアンナはディレストの気持ちを理解していないらしい。

――こんなにもはっきりと、態度に出しているのにな。

ジョアンナは鈍いのか、と思いながらも、そんなところも好ましいと思ってしまっていた。

「僕は、約束を守る性質《たち》だ……君に子供を授けるためなら、田舎だろうが僻地《へきち》だろうが、どこへだってついて行くさ」

「……そ、そん、な」

ジョアンナの顔は真っ赤に染まっていた。

恥ずかしいのと戸惑っているのと、そして嬉しさも滲んでいるものだ。

――こんな顔を見せておいて、僕が放っておけると思っているのか？

ディレストは初心《うぶ》なジョアンナに呆れながらも、自分に振り回されている彼女の様子を見て満足していた。

「ジョアンナ」

「――んっ」

もう一度、深く唇を重ね、口腔の奥まで貪ってから離した。

離れた唇から、銀糸が伝っているのを、ジョアンナに見えるように舐めとってやる。

「……この仮面を、僕以外の前で取るな。この先も、ずっと。仮面を取っていいのは、僕とふたりきりの時だけだ……わかったな？」

ジョアンナの頬を、顔の形がわかるように指の背で何度も撫でながら、今の口付けを忘れないように唇にも触れた。

まだぼうっとした様子のジョアンナの真っ黒な瞳を覗き込みながら、そこに映るのが自分だけだと確信して、教えるようにディレストは囁いた。

「……僕は、狂ったりしない」

「……あ」

わざと、目を閉じないで口付けた。

ジョアンナは少し目を細めたが、閉じきれていない。

ジョアンナの目に映るものは、自分だけでいい——

思えば、呆れるほどの独占欲だった。

まさか自分にこれほどの想いがあるとは。

ディレストは、これまでの自分はジョアンナを知らない自分——つまり本当のディレストではなかったのだ、と思い知る。

「……昨日は無理をさせたからな。今日は一度だけ、本当に、一度だけにしておこうか」

「……んっ」

ちゅっと音を立てて口付けると、驚いたように目を瞑り、そして潤んだ瞳でもう一度ディレストを見るジョアンナが堪らなかった。

——このましても、いいんじゃないか？

ディレストがそう思った時、無粋な音が外から響いた。

＊

「休憩は、終わりですっ！　出発のお時間です、ディレスト様！」

荒々しいカリナの声に、ジョアンナははっと我に返った。

いったい、私は何を――

自分の今の行動が理解できない。

本当に自分だったのだろうか？

いや、確かにジョアンナがしていたのだろう。

背中に、身体に、唇にディレストの熱をまだ感じている。

慌てて仮面をディレストから取り返し、付け直す。

けれど顔の火照りはなかなか引いてくれなかった。

――本当に、私はどうしてしまったの？

自分がいったいどうなってしまったのかわからなかった。

無知でいることは、悪いことなのかもしれない。

領地を治めるために、必要なことはすべて学んできたつもりだったけれど、結婚のこと、特に夫婦や子供のことに関しては、通り一遍に聞いただけで、知らないことだらけだった。

結婚なんてできるはずもないと思っていたからだけれど、こうしてディレストと一緒にいると、知らないからこそ彼に翻弄されすぎているようにも思う。

優しく教えてくれているようでジョアンナに、熱い視線を向けてくるディレストの言葉は、本当だろうか？　とどこかで疑ってしまいたくなるものがある。

信用しすぎるのも駄目だと思いつつも、名前を呼ばれ、少し強引な腕に引き寄せられ熱い口付けをされると理性が壊されていく。

しかしよく思い返してみれば、昨夜の行為は、子供を作るためだけの交わりは、嫌ではなかった。

恥ずかしいのに——

恥ずかしいだけではなかった。

ジョアンナの知らなかった快楽を教え込まれ、これまで必死に保っていた理性を手放すことの心地よさを知らされた。

自分の想いを伝えようと思ったのに、亡き父のことを考えてしまうと、思わず泣き出してしまった。そんなジョアンナを彼は大きな腕で抱きしめてくれた。

父のような安心感とは違う、心地よさの中に少しの緊張を混ぜたような複雑な感情が湧き起こったが、それでも、自分は彼の腕を望んでしまっていた。

あの人の腕の中で泣くのはとても安心できたのだ。

それにジョアンナのために王都を離れることを厭わない彼に、戸惑ったものの、最後に残った気持ちは安堵だ。

この想いはいったいなんなのだろうか。そう考えているうちに、馬車はまた動き始めていた。

「ジョアンナ、少し寝たらどうだ？　疲れているんじゃないか。それに領地に着いたら忙しくなるだろう？」

「――……」

それはそうだけれど、ここにおいで、と言わんばかりに自分の膝を叩く様子に目を眇めずにはいられない。

「何もしない。昨日疲れさせてしまったのはわかっているから、休めばいい。君の身体を、心配しているんだ」

「――そんな」

ことを言われては、どうしようもない。

言われた通り身体は休息を欲していて、馬車の中でも大きな椅子に転がる魅力には抗えなかった。ジョアンナは狼狽えながらも、しぶしぶとディレストの方へ頭を傾ける。

クッションを枕にするつもりだったのに、身体を倒した瞬間、ディレストに引き上げられて、その膝に頭をのせられた。

ディレストもジョアンナも前を向いていて、顔を直接見られないことだけが幸いだ。

「ゆっくり寝て、身体を休めるんだ」

ディレストの手が、ぽんぽんとジョアンナの手に触れた。

まるで親が子供を安心させるような仕草に、思わずほっと息を吐いて身体から力を抜いてしまう。

しかし、やはりディレストはディレストだった。

そのまま手を腰に回し、ゆっくりと撫でて囁いた。

「――今のうちに体力を回復してもらわないと、子作りにさしつかえるからな」

「――――っ!!」

ジョアンナは真っ赤になっている顔を、仮面越しにでも見られることが嫌で、ディレストの膝に顔を伏せ、ついでに強く太ももを抓《つね》っておいた。

おそらく、なんの効果もないだろう。

楽しそうな笑い声が頭上から聞こえてきたけれど、ジョアンナは聞こえないふりをして、目を閉じた。

五章

緊張と不安で眠れるはずがないと思っていたのに、自分は思っていたより疲れていたらしい。

ジョアンナは、本当に馬車の中でそのまま眠ってしまっていたようだ。

揺り起こされたのは、ベルトラン領の領主館に着いてからだ。

おそらく、前の休憩からここまで、何度か休憩もあったはずだ。しかし、ディレストはジョアンナを膝にのせたまま、動かなかったようだ。

つまり、馬車から降りてもいないし、満足に休憩すら取っていないことになる。

さすがに恐縮してしまったが、ディレストはなんでもないことのように笑っている。

カリナが恨めしい顔をして睨んでいるが、むしろ楽しかったというディレストに複雑な気持ちになった。

しかし、領地に着いてしまったのだ。

時刻は夕闇に包まれる頃で、夕空と藍色の空が混じっていて、気の早い星もいくつか瞬いている。

ジョアンナの好きな時間でもあった。

朝、王都を出ると、だいたいいつも同じ時間に領地に着く。

この時間の領地の景色を見ると、帰ってきたという気持ちが溢れて嬉しくなる。

ジョアンナは馬車の中で乱れてしまった髪や服を直し、外に出た。

領主館の前では、父が亡くなる前と同じように、使用人たちが並んで待っていてくれた。

「――お帰りなさいませ、お嬢様」

「――ただいま、アレン。皆も、出迎えてくれてありがとう」

領主館の執事であり、父アルカナが病に倒れ、ジョアンナが領地にいられない時に領主代理として尽力してくれたアレン・ワイトが一礼すると、メイド長をはじめ他の者たちも同じく頭を下げていた。

この中では一番長く勤めているのがメイド長で、それからメイドが三人。従僕がふたりに、料理人がふたりと、庭師と厩務員がひとりずつ。それから執事のアレン。

これがベルトラン領の領主館で働く者のすべてだ。

他と比べると、人数は少ないのだろう。

広大なベルトラン領を治める領主館は、それなりに広い。

今回連れ立って来た者たちすべてを泊めても部屋が余るくらいだ。

しかしこれ以上増やすことは父が許さなかった。

彼らは、父の目に適った、選ばれた者たちなのだ。

父の基準は何かと言えば、仕事ができるのはもちろんとして、一番はジョアンナに対する態度だ。

常に仮面を付けた侯爵令嬢。

いつもは王宮で暮らし、人前に出ることはほとんどなく、引き籠りのおかしな女。

そんなジョアンナを、次の領主として迎えなければならないのだ。

まず、ジョアンナが仮面を付けていても気にしないでいられる者、そして主人として敬える者、そんな者たちだけが残されて、今の人数になっている。

ジョアンナに不満はないけれど、もしかしたら行き届かないところがあって、ディレストは困るかもしれない。

これからは——いつまで、とはわからないけれど、しばらくはディレストもここで暮らすことになるのだから。

子供って、いつできるのかしら……

そんなことを考えてしまい、頬を染めて慌ててそれを頭から振り払うと、ディレストを

使用人たちに紹介する。

「ディレスト様、彼らが領主館で働く者たちです。紹介は追い追い――執事のアレンだけ、今挨拶をさせてください」

「初めましてディレスト様。ベルトラン領主館の家宰を任されております、アレン・ワイトと申します。陛下より、ご連絡をいただきました。お嬢様とご結婚なされたこと、使用人一同、心よりお祝い申し上げます」

しっかりと礼を尽くす彼らに満足しながら、ジョアンナはディレストを見る。すると彼は何故か不思議な顔をしていた。

だが、ジョアンナの視線に気づき、にこりと笑って返す。

「ああ。僕はディレスト・マエスタス――いや、もうベルトランだな。僕が婿に入る形になるのだから。これから妻のジョアンナと共に、よろしく頼む」

婿。

そう言われ、そうなるのか、とジョアンナも改めて思った。

マエスタス公爵家は領地を持たず、彼は嫡男であるものの家名を残す必要はないらしい。だからこそ、ジョアンナの相手に選ばれたのだろうが、改めて口に出されると、結婚してしまったことを実感して戸惑ってしまう。

「ディ、ディレスト様、カリナ、みんなも、今日はお疲れさま。アレン、部屋の用意はで

きていて？　みんなをご案内してくれる？」

「かしこまりました、お嬢様」

アレンの指示に従い、ジョアンナの荷物やディレストの荷物、そして一緒に来た使用人たちや護衛たちもそれぞれに動き始める。

「お嬢様、本日のお夕食はいかがいたしましょう？　いつものように、軽めのものをご用意してありますが……」

アレンの言葉に、そう言えば、と思い直す。

領地に来る時は、いつも少数精鋭での移動だった。

ジョアンナの都合上、あまり人を増やすわけにもいかず、ジョアンナとカリナ、それと騎士団長が選んだ最低限の護衛だけの移動だったのだ。

だからこそ、着いた後は彼らに自由に寛いでもらう。そしてジョアンナは移動疲れのためあまり食べられず、軽食で終わることが常だった。

しかし、今回は違う。

人数の多さもそうだが、ジョアンナより体力のあるディレストの食事がジョアンナと同じでいいはずがない。

ちゃんとした料理を作って貰わなければ、とジョアンナが思ったところで、ディレストが口を挟む。

「ジョアンナと同じで構わない。その代わり、明日の朝多めに頼む――きっと、もっとお腹が空いているだろうからな」

にこりと笑うディレストの言葉の意味を感じ取り、ジョアンナの頬が熱くなる。

人前で！　と思いながら、人前だからこそ思うように言い返せず、アレンに「そのように」と返すことしかできない。

あとで、絶対怒らなければ――そう心に決めて、アレンの先導で部屋に向かう。

いつものように、二階にあるジョアンナの部屋の前に来てから、アレンが奥の部屋を示した。

「ディレスト様は、奥の広いお部屋をご用意してあります。元は旦那様のお部屋で、調度品も揃っておりますので――」

王からの手紙で領地の者たちに伝えられたのはもちろんだが、ジョアンナもアレンたちに手紙を出した。

結婚することと、領地に帰ることを告げたものの、ディレストのことはそこまで考えていたわけではない。

おそらく、彼らは夫と一緒に帰ってきたことに慌てたはずだが、ちゃんと出迎える用意をしてくれていたことに安堵する。

しかし、ディレストは首を振った。

「いや、僕はジョアンナと同じ部屋で構わない。夫婦だから」

「——え」

声を上げたのはジョアンナだが、アレンも同じように驚いている。

それに有無を言わせず、ディレストは笑って言った。

「常に一緒にいるべきだろう。ジョアンナをどこでも感じていたいから、多少狭くなっても——その方が嬉しいから、構わない」

「————」

何を言っているのかしら。使用人の前で。

ジョアンナは今日ほど仮面を付けていて助かったと思った日はないと感じた。

おそらく、顔は真っ赤になっているはずだ。

耳も熱いから、隠しきれてはいないかもしれないけれど。

やはりディレストは、ジョアンナを駄目にしてしまう、困った人だ。

「——だめです！　し、私用の部屋は必要ですから、ディレスト様は向こうへ！」

流されては駄目だと、ジョアンナは強く言い切り、奥の部屋を指差した。

反論されるかと思いきや、ディレストは肩を竦めただけで、あっさりと了承した。

クラウスと共にかつての父の部屋へ向かう背中を見送り、ジョアンナは思った。

——振り回されてる。

この先、どうなってしまうのだろう、という不安が、どうしてもジョアンナには拭えずにいた。

＊

ベルトラン領の領主館は、予想よりも大きなものだった。

領地を考えれば、この広さは必要なのかもしれないが、使用人が少なすぎる。

これで屋敷の運営ができるのだろうか、とディレストが心配するほどだ。

今回ディレストが連れて来た使用人よりも、ここの使用人の数の方が少ないのだから。

まぁクラウスに任せればいいか、と侍従に視線をやると、心得ておりますというように頷かれた。

それからディレストは執事のアレンという男に注目する。

年はディレストとあまり変わらないだろう。その上、ディレストに似た金髪に茶色の目の彼は、貴族の子弟であってもおかしくない、整った風貌をしていた。

その年で、このベルトラン領の領主代理までこなしているというのなら、なかなかでき

る男なのかもしれない。

しかし、ディレストは最初から、こいつは駄目だと判断した。

ジョアンナを、「お嬢様」と呼んでいる。

結婚したジョアンナは、「奥様」もしくは「領主様」と呼ばれるのが正しい。

そして相手のディレストは、「旦那様」だ。

柔らかな物腰で慇懃《いんぎん》な態度ではあるが、明らかにディレストをジョアンナの伴侶として、主人として認めていないのがわかる。

その上、部屋をわけようなどと、意味のない嫌がらせまでしてくる。

ジョアンナが必死に抵抗しようとする様が可愛くて了承したが、面白いはずはない。

早々に躾《しつけ》が必要だな、と思ったがジョアンナはそんなアレンを信用しているようだ。

いったい、彼のどこをそんなに気に入っているのか。

ベルトラン領をさらに繁栄させるのがジョアンナの夢だと言う。

それを手助けするつもりではあるけれど、どこから口出しするべきか、と悩むところでもあった。

使用人の扱いまで、言ってもいいものか。

ジョアンナは確かに、領地経営を真面目に学んで来たのだろう。

しかしそれは結局書類の上でのことで、実践には至っていないとディレストは気づいて

いた。

ジョアンナは、真面目だった。

真面目に、今は亡きアルカナ侯のために、頑張ってきたのだろう。

そのために呪われた者のように仮面を付けて、王宮の奥深くに隠れてまで、必死に生き抜いて来たのだ。だがそれが仇となっている。本を読み勉強をするのはひとりでもできることだが、実際に経験を積むのは人と付き合うしかないからだ。

なんとかジョアンナの気持ちを、傷つけることなく手伝いを――そう考えて、泣きじゃくる彼女の顔を思い出した。

――いや、それはそれで、いいな。

笑った顔を向けてくれるのも好きだが、怒った顔も、泣いた顔もそそられる。

拗ねた顔も可愛らしいと思うのだから、傷ついた顔はどれほどディレストの胸を震わせるだろう。

「ディレスト様」

そんな想像に胸を高鳴らせていたら、背後から低い声がかかる。

クラウスの声はディレストを現実に引き戻してくれる。

振り向くと、信用のない冷めた目がディレストを見ていた。

「――今、またろくでもないことをお考えでしたね？」

「まさか――ジョアンナの笑顔が見たいと思っていただけだ」

嘘ではない。

それ以外も望んでいただけだ。

ジョアンナは今、カリナと一緒に着替えをしている頃だろう。

ディレストに与えられた部屋は、元領主、アルカナ侯の部屋で、充分な広さがあった。ゆったり寛げるリビングと寝室。仕事もしていたのか、書斎のような部屋まである。調度品も整っており、趣味のよいアルカナ侯の生活がよくわかった。

衣装部屋の広さも充分で、ディレストは持って来たものをそこへ収めるよう使用人たちに指示しながら、一度離れたクラウスが戻って来るのを待った。

しばらくして戻って来たクラウスは、さっそく館を一周してきたと言う。

「どうだった？」

「この人数で回しているとは思えないほど、よく手入れがなされています。おそらく、うまく分担し、少人数で動くことに慣れているのでしょうが、休みは少ないでしょう」

「そうか……今回連れて来た者たちを入れて、うまく回りそうか？」

「たぶん大丈夫でしょう。ただ――」

「――あの執事が、なんと言うか、だな」

クラウスの言葉を、ディレストが引き継いだ。

ディレストが感じたことを、クラウスも気づいたようだ。

「まぁ最初は、僕のわがままで押し進めてしまえばいいさ」

「――でしょうね。こういう時、傍若無人な主人で助かります」

「僕ほどよくできた主人は他に居ないだろう？　使用人のこともちゃんと理解していて、少々口うるさくても、優秀であればクビにしないからな」

「恐れ入ります」

ディレストの言葉を黙って受け入れた優秀な使用人が頭を下げると、扉が叩かれた。

「――ディレスト様、ジョアンナ様のご用意ができました。それから、あちらの部屋でお食事の準備が整っております」

カリナの声に、ディレストは待ってましたと部屋を移動する。

廊下を通ってジョアンナの部屋に行くと、食事用のテーブルについたジョアンナが居た。

楽な部屋着なのだろう、移動用のドレスとも夜着とも違う格好だった。

「ジョアンナはどんな服でも似合うな」

感じたままを言うと、ジョアンナは仮面の下の頬を染めている。

「ディ、レスト様も、よく、お似合いです」

ディレストの服も楽なものだ。

堅苦しいジャケットもなく、シャツにトラウザーズだけだ。

王都なら、粗野すぎると言われるところだが、元々用もないのに着飾るのは好きではない。

それに、この方が脱ぎやすい。

ジョアンナの言葉はディレストの本質を見てくれているようで、お世辞でも嬉しかった。

ディレストは微笑みながら同じテーブルに着いた。

クラウスとカリナは給仕についているが、給仕するほどのものではない。

食事はジョアンナに合わせた量になっていて、来る途中に食べた軽食とあまり変わらない。

ただ、温かいスープがあってそれはありがたかった。

「——美味しいな」

「そうでしょう？」

シンプルだが、旨みを感じる。

スープを褒めると、ジョアンナが喜んだ。まるで、自分を褒められたかのような勢いだ。

「料理人はブレントとクリフと言うのだけれど、とても料理上手で、みんなも喜んでいるの」

できれば、この輝きを曇らせたくはない、と思いながらも、ディレストは気になっていたことを聞いた。

「使用人が少ないようだが、大丈夫なのか？　普段はこれでいいのだろうが、客人や領民たちだって来ることがあるだろう？」

「ええ、お客様は——実のところ、あまりいらっしゃらないから、大丈夫。もともと、お父様があまり領地にお呼びするのが好きではなくて、出向くことのほうが多かったみたい」

それはつまり、領地に秘密を抱えています、と言っているようなものだが、ジョアンナが気にならないなら構わない。

そもそも、ディレストも必要以上にジョアンナを人に見せるつもりはなかった。

「それにお祭りなどの時は、領民にも手伝ってもらっているから……収穫祭の時なんかは、特に。この館の前を開放して盛大に祝うのだけれど、とても楽しそうで、賑やかで……」

そう言うジョアンナの目は、ここではないどこかを見ていた。

そのお祭りとやらを思い出しているのだろう。

だが彼女は「楽しそう」と言った。つまり、これまでは祭りに参加できなかったに違いない。

「今年は盛大にすればいい」

「——え？」

ディレストは領主館に入って来た時に見かけた庭を思い出した。

かなりの広さがあった。

連れて来た護衛たちが訓練に使うにしても、充分な広さだ。

領民たちがどのくらい集まるのかはわからないが、呼べるだけ呼べばいいと思った。

「何しろ、新しい領主のお披露目と、その領主が結婚したことを報告せねばならないのだから。祝いを兼ねて、盛大にすればいいだろう」

「――そんな」

「準備は、クラウスに任せておけばいい。如才《じょさい》なくやってくれるだろう」

後ろのクラウスを示すと、何も問題はないとばかりにジョアンナに頭を下げている。

その様子を見て、ジョアンナは祭りに参加できると思ったのだろう。

一瞬、口元が緩み、しかし俯いてそれを隠した。

けれど手がそわそわと動き、喜びを見せている。

「――ありがとう……」

しまったな。

ディレストは座っていることに感謝した。

身体の一部が強張っている。今立ち上がれば完全にわかってしまうだろう。ジョアンナは恥じらい、カリナは怒るに違いない。

しかし、ジョアンナのいじらしい姿に条件反射のように身体が反応してしまっている。

ジョアンナが喜んでいる姿が見たいのはやまやまだが、その度に襲ってしまうのはどうだろう。いや、夫婦で、しかも新婚なのだからそれはそれでいいのか。

今夜、彼女には「お礼」をしてもらおう。

そう考えたところで、後ろから控えめに咳払いをされた。

どうしてクラウスは、背後にいるのにディレストの感情を読み取れるのか、未だに謎である。


三回目の夜は、ジョアンナの強張りを解すところから始めなければならなかった。

「ジョアンナ」

「――んっ」

寝台に腰かける彼女の前に膝をつき、覗き込むようにして口付けをする。

やはり、仮面が邪魔だ。

ジョアンナの後頭部に手を伸ばし、紐を緩めると、慌てたジョアンナが仮面を押さえる。

その手を両手で包み、仮面越しに目を覗き込んだ。

「ジョアンナ……今はふたりきりだ」

「……う、ん、あ……」

できるだけ甘い声で囁くと、戸惑ったジョアンナの手から力が抜けて、ゆっくりと仮面が剝がれる。

その表情は、予想していた通り、恥じらいと不安と、黒曜石のような瞳の中には期待もあった。

その中には、ディレストしか映っていない。

それが、堪らなく嬉しい。

「ジョアンナ」

もう一度名前を呼んで後頭部を引き寄せると、ジョアンナは抵抗しなかった。そのままディレストの唇と重なる。

最初から舌を割り込ませ、深いものを繰り返すと、ジョアンナの吐息が乱れ、その細い指は何かを堪えるように、ディレストの肩口を摑んでいる。

もっと乱れさせたいと、強く舌を絡ませ、吸い上げてやる。

「ん、んっ」

苦しそうな声を耳にしながら、脱がせやすい夜着の紐を解き、肩から落として下着一枚にさせる。

身体を起こし、口付けをしたままジョアンナの下着に手を掛け、破れても構わない勢いで引き下ろした。

「――アッ」

高く、跳ねたような声は、直接腰に響くほど甘い。

どうしてジョアンナの何もかもがこんなにディレストを興奮させるのか。

緩く編まれた髪に無造作に手を入れ、わざと乱れさせてから抱き上げ、位置を変える。

「――ん」

ディレストが寝台に座り、ジョアンナをその上に跨がらせるようにして座らせた。

ディレストの目の前に、ジョアンナのすべてがある。

軽い重みが、とても心地よく感じられた。

「あ、の……っ」

今更のように恥じらい、腕で胸を隠し、身体を捩ろうとするジョアンナを自分に向かせて、駄目押しのように唇を奪う。

「ん、ん、ん……っ」

鼻に抜けるような声が堪らない。

わざと音を立てて唇を離してやると、潤んだ目がディレストを見つめていた。

こんな顔、他の誰にも見せたくない――

上体を曲げて、形の良い乳房を食んで味を確かめながら、開いた秘所へと指を滑り込ませる。

「んんっあ！」

そこはすでに濡れていた。

嬉しくて、胸を食べながら口端を上げた。もっと濡らしたくて、わざと音を立てながら指を動かす。

薄い陰毛を擦り、襞を捲るようにしながら、筋を這うようにゆっくりと指を滑らせる。

無意識だろう、ジョアンナがじれったい様子で腰を揺らす仕草にまた笑い、次は指先を曲げて、円を描くように擽り、軽く埋めて、弾くように抜く。

「あ、あ、あっん、ぁんっ」

それを繰り返すと、ジョアンナは困ったように狼狽え、何かに耐えているようにも見えた。

ディレストの肩口を掴むジョアンナの手の力が、次第に強くなる。

もっと、強く掴めばいい。

傷痕を残すくらいに、爪を立てればいい。

自分も、もっとジョアンナの身体に痕を残してやりたい。

「あ、あぁぁっ」

中指だけを深く埋め、緩い抜き差しをしながら、親指で花芽を見つけて強く弄ってやると、我慢できなくなったようにジョアンナがディレストにしなだれかかり、抱きついてく

る。

　柔らかな臀部を片手で揉みしだきながら、もう片方の手で秘所を強く責める。

「あ、ぁん、んっや、あ、あっあぁぁんっ」

　ディレストにしがみ付く力が一際強くなり、ジョアンナの身体が大きく跳ねた。

　秘所に埋まった指を伝って、それまで以上の愛液が零れ落ち、ディレストのトラウザーズを汚していく。

　もっと汚したい。

　ディレストは口端を緩め、自身の下衣の前を開く。

　そこから取り出した自分の性器は、しっかりと首を擡《もた》げていて、もうすでに準備は整っていた。

　ジョアンナの愛液に濡れた手で自らを何度か慰めてから、ジョアンナがその上に乗るように調整して、開いた秘所で滑らせる。

「ん……っあ!?」

　何があるのか、脱力していたジョアンナが思い出したように身体を起こし、下を確かめて、顔を真っ赤にさせた。

　挿入しているわけではない。

　ただ、硬くなった性器が、ジョアンナの襞を開き、そのすべてに当たって擦れているだ

けだ。

「あ……あんっ」

ゆっくり腰を動かしてやると、ジョアンナの声も、身体も跳ねる。

その声をもっと聞きたくて、腰を両手で強く摑み、前後に揺さぶった。下から突き上げるように腰を揺らすせいで、ジョアンナはすでに泣きそうになっていた。

「あ、あっあぁっ、や、あぁ……っ」

ぽろぽろと、真珠のような涙が零れている。

その宝石を舌で舐めとると、思った通り甘く感じた。

涙は、塩辛いもののはずだったが？

そう思いながらも、こんなに甘いのはジョアンナの体液だからだろうと結論づける。

下から溢れるものだって甘かった。

ディレストは、自身の性器を濡らす彼女の愛液を見ながらほくそ笑む。

「あ、あっあ、こ、こんな……あっ、こんな」

「何が、こんな？」

ディレストにしがみ付いて耐えているジョアンナが何を言いたいのか知りたくて、少し動きを抑えて問いかける。

「こん、な……き、昨日も、こんな……ん、おおき、な……？」

「――――」

「あああぁんっ」

やはりジョアンナは、ディレストを煽るのがうまい。

ジョアンナは、昨日は見る余裕がなかったのだろうディレストの性器を初めて目の当たりにして驚き、戸惑っているのかもしれない。

しかしそんなことは、ディレストの腰を強く突き上げるきっかけにしかならなかった。

悲鳴のようなジョアンナの声が、ディレストには心地よく聞こえた。

「や、あっや、や――ッあ、あっあぁあっ」

臀部を、痕が残るほど強く掴み、激しく腰を揺さぶる。

すべてで感じてしまえとばかりに、執拗に律動を繰り返して、ある一点を突いた時、我慢できなくなったかのように、ジョアンナが達した。

ディレストにしがみ付いたまま、背中を反らすようにして、力いっぱい果てたのだ。

「あ……っあ」

全身で余韻を感じているのか、震えが治まらないようだった。しなだれかかる身体を抱き止め、ゆっくり寝台へと寝かせる。

「ん……っ」

敏感になっているのだろう。ジョアンナは敷布の冷たさに吐息を漏らした。

ディレストは動かなくなったジョアンナの右手を取り、甲に一度、裏返して手のひらに一度口付けを落とし、そのまま舌を這わせた。

細い指先はディレストの口腔に簡単に収まり、彼はその一本一本を確かめるように舐めていく。

反対の手も、同じようにした。

腕の内側にも唇を這わせ、柔らかい場所に歯を立てる。

簡単に痕が残ることに満足していると、意識を取り戻したジョアンナがぼんやりとこちらを見つめているのに気づいた。

「……ど、どうして、そんな、こと？」

手や指を舐めていることを不思議に思ったのかもしれない。

ディレストは正直に答えた。

「美味しいかな、と思って」

「――え」

「舐めたら美味しかったから、全部舐めようとしている」

「――えっ」

手が終わったから、次は足だ。

右足を取り、膝を曲げて足の甲に唇を当て、舌を這わせる。

「んんっ」

びくり、と身体が震えたけれど、ジョアンナは敷布を握り、必死に堪えていた。

その様が可愛くて、思わず笑みが漏れる。ディレストは大きく口を開けて、彼女からよく見えるように親指から舌を絡めた。

「あ、あぁあっん――……っ」

ジョアンナは身体を捩るように、胸の上に両手を引き寄せて我慢していた。ディレストはその指の間を舌先で突き、ゆっくりと舐めた。

「き……っきた、な……っそんな、とこ……っなめる、とこじゃ――っ！」

「ジョアンナは汚くない。どこもかしこも、甘くて不思議だ」

「んん――っ、も、もう、もう！　や、だめ……っい、いっかい、一回って、言ってた……っ」

また濡れているのだろう。

ディレストが触れているのは足だけだというのに。

そして馬車で言ったことを、ちゃんと覚えていたジョアンナに嬉しくなってまた笑った。

「残念だが、まだ僕は一度もイッてない」

「え――……」

ディレストの返事にジョアンナは絶望を感じたように目を潤ませた。その表情がディレ

ストの背中をぞくりと震わせる。

可愛い、可愛い、かわいい。

もっと見ていたい。

もっと泣かせてみたい。

もっと、ディレストと同じだけ、狂ってほしい。

ジョアンナの脚を大きく開き、彼女からもよく見えるようにして、秘所に己の性器を擦り付ける。

「んんんっ」

「ジョアンナ……子種が、欲しいか？」

「――――っ」

挿入する手前で止めると、ジョアンナの腰が大きく揺れる。

「――そうだな。いっぱい、子供を作ろう」

「ひ、あ、あ……っ」

ぐぷり、と音を立てるのは、溢れるほど濡れていたからだ。

すでにディレストも濡れていて、どちらのせいかはわからなかったが、構わずゆっくりと、ジョアンナの中に自分を埋めていく。

まるで己が食べられているかのようだ。彼女の中に呑み込まれていく性器を見るのが楽

しかった。

彼女は昨日よりも受け入れてくれている。そんな些細なことが嬉しい。

ジョアンナの内部は熱く、ディレストにぴたりと合うように絡み付いてくる。

堪らないな、と思うと、震えていたジョアンナが見上げていた。

声に出していたのかもしれない。

嘘ではないとにこりと笑い、上体を倒して強く唇を奪う。

「んん……っ」

挿れただけでもう果てそうだった。

しかし、もう少し我慢したい。

もっとこの姿を見ていたい。

だがその願いを、ジョアンナは簡単に壊してしまう力がある。

「……っディ、レスト、さまぁ……っも、だめぇ」

甘い声に、理性など吹き飛んでしまう。

口の中で舌打ちをしながら、強く、何度も腰を揺らし、せめて一番奥で果てたい、と脚を抱えて抱き込んだ。

「あ、あ、あぁあ――っ」

「――っく」

最奥を突いた瞬間、ジョアンナは嬌声を上げ、果てた。それに釣られるようにして、ディレストも達する。

「ん……っ」

少しの揺れにも反応するジョアンナの悩ましい声にまたすぐ復活しそうになる。

どうしようか、と考えたものの、次の瞬間にジョアンナの手足はくたりと敷布に落ちて、動かなくなった。

気を失ったようだ。

泣き腫らした顔は、恐ろしいほどに色気を孕んでいる。

少しだけ開いた唇は果実のように熟れていて、その味を思い出すと確かめたくなってまた奪いそうになる。

けれどもう今日はこれ以上は無理だろう、としぶしぶながら身体を離した。

——明日はもっと、長くあの中にいたいものだ。

そんなことを思いながら、隣室に控えていたクラウスを呼び、汚れたジョアンナを綺麗にすべく、お湯を頼んだ。

六章

ジョアンナの領地運営は、良い滑り出しだった。

農地の管理はこれまでと同じことを確かめていけばいいし、領民たちも新しい領主に好意的だという。

備蓄倉庫はほとんど埋まっているし、今年もこのまま天候に大きな変化がなければ順調に収穫できるだろう。

農業を完全に理解しているとは言い難いが、管理はできそうだとわかって、不安が薄れていく。

横で控えているアレンに確かめると、そのたびに頷いてくれるので、それも安心に繋がった。

父と同じようにできていると思うと、嬉しかった。

そしてディレストとの仲も順調だった。

毎夜、おかしくなるほど身体を重ねられるのはどうかと思うけれど、ジョアンナが正式に領主になるには、条件を満たさなければならないのだ。

子供を授かるまで頑張るしかない。

近頃は体力も付いてきたのか、気を失ったまま眠るということも少なくなった。

目を覚ました時に身ぎれいになっているのが、ディレストが綺麗にしてくれていたからだと知って恥ずかしくてどうにかなりそうだったけれど、「妻を清めるのも夫の大事な仕事だ」と喜ばれては、何も言えない。

でもまさかあんなことを、平気でできるようになるなんて――

まったく平気なわけではないが、理性がなくなるほど彼に翻弄されることが、今では嫌ではなく、受け入れられるようになった自分にびっくりだった。

ディレストの言った、「気持ちいい」という言葉も、どういうことなのか今ではよく理解している。

理解できてしまっていた。

――したかったわけではないけど！

ジョアンナは誰かに言い訳をしながら、書類を握りしめて頭を大きく振る。

「――お嬢様？　どうなさいました？」

「あ、ううん、なんでもないの」

執務室で仕事をしていたのだった、とジョアンナは今の状況を思い出し、頭の中から淫らな妄想を追い出そうと書類に目を落とす。

「南の領地も問題ないわね。この分だと、予定通りに収穫祭もできそう」

まるで子供だ、とジョアンナは自分に笑ってしまう。

収穫祭を楽しみにしているなんて――

しかし、子供の頃から館の中でも限られた場所にしか行くことのできなかったジョアンナは、一度もお祭りに参加したことがない。

庭から楽しそうに聞こえる声に、どうして外に行ってはいけないのかと泣いて、何度も両親を困らせた。

まだ、自分の顔が罪になるとは思ってもいなかった頃のことだ。

あの頃は、お母様もいて、寂しくはなかったけれど――

母が身罷《みまか》ると、父はジョアンナのことと領地のことで慌ただしい毎日を送るようになった。

ジョアンナに厳重な警護をつけて仕事に向かい、時間さえあれば無事かどうかを確かめに来る日々。

ジョアンナが想像する以上に忙しかったに違いない。

その後、王宮に行くことになって悲しかったけれど、父は少し楽になったことだろう。

それだけは、離れて良かったことだと思っている。

しかし、一緒にいなかったばかりに体調の変化に気づけず、父はあっという間に帰らぬ人となってしまった。

じゃあ、どうすれば良かったのかしら――

ジョアンナは思わず考え込んでしまったが、もう父は還って来ないのだ。

どれだけ願っても戻れはしないのだから、考えてもせんないことだ。

ジョアンナも子供ではなくなり、自分のやりたいことをできるようになった。

それに――

また、ディレストを思い出す。

ジョアンナがこうして執務室で仕事をしている間は、邪魔にならないようにと彼はどこかへ行っている。

館を見て回っていたり、護衛たちに混ざって訓練をしていたり、農地に行って領民たちと話をしていたりするらしい。

社交界の寵児であるディレストには、田舎の暮らしは合わないだろうと思っていたけれど、彼のこの生活ぶりは嬉しい誤算でもあった。

収穫祭に誘ってくれたのも、嬉しかった。

今までずっと参加できなかったから、領主になった今でも参加してはいけないと思い込んでいた。

自分の世界が、広がったような気がした。

この結婚、本当に……良かったのかも。

ジョアンナがそう思った時、アレンの声が耳に届いた。

「お嬢様、ご結婚のことですが……」

「――えっ」

自分の考えが漏れていたのかと、驚いてアレンを見るが、いつもはあまり表情を崩さない執事が珍しく躊躇うような顔をしていた。

領主代理を任せるほど頼りにしているアレンのそんな顔を見ると、何があったのかと不安になる。

「どうしたの？」

「その……差し出口かと、思うのですが」

「大丈夫よ。言ってちょうだい」

「この度のご結婚、陛下のご命令で――旦那様の遺言に従い、執り行われたと、伺っております」

「……ええ、そうよ」

間違ってはいない。

その通りだというのに、何故か改めて言われると、ジョアンナの心が騒いだ。

「実は、その遺言の内容、私も、存じておりまして……」

「……えっ」

驚いたのは、結婚の理由は広めるべきではないだろうと、暗黙の了解で誰もが口を噤んでいたからだ。

ジョアンナも、カリナとその夫であるロベルトに告げただけで、おそらくディレストも似たようなものだろう。

王が自ら広めるはずもなく、どこから聞いたのか気になったけれど、続くアレンの言葉にそんなことはどうでもよくなった。

「子供を授かる必要が、あるとか」

「――――」

途端、彼との情事を思い出してしまい、顔に熱が集まる。

夫婦なのだから、おかしなことをしているわけではないとわかっているのに、どうしても羞恥心は捨てられない。

しかしアレンの言いたいことは、そこではないようだった。

「私がとある夫婦から聞いた話なのですが……あまりに一緒にいるご夫婦には、子供ができ

きにくい、ということがあるそうで」

迷信だと思うのですが、まったくの嘘とも言い切れず……と歯切れの悪いアレンに、ジョアンナは一瞬思考が止まる。

そして頭の中でその言葉を何度も繰り返し、理解する頃にはいろいろと思い当たっていた。

迷信——迷信、かも、しれないけれど……

ジョアンナは、身近にいる非常に仲のよいふたりを知っていた。

結婚して二十年近くになる夫婦が、いる。

カリナとロベルトだ。

ふたりはいつ見ても仲がよく、時間さえあれば一緒にいる。

ジョアンナはそんなふたりを見るのが好きで、ジョアンナの部屋にいる時は仕事を忘れ、ふたりで自由に過ごしてほしいと言っていた。

ふたりとも「仕事中ですから」と笑っていたが、一緒にいられて嬉しそうなのは明らかだった。

そこまで仲がよいのに、ふたりには子供がいない。

「このままでも、充分幸せです」と笑う顔はどこか諦めが含まれていて、ジョアンナのほうが寂しくなった。

そんなふたりを思い出し、ジョアンナは不安になる。

「もし、お嬢様が遺言の通りになさりたいのでしたら、少し距離を置いてみるのも手かと思いまして――出過ぎたこととは思いつつ、申し訳ありません」

「――ううん、いいの。ありがとう……考えておくわね」

軽く言いながら、頭の中はそのことでいっぱいになった。


結局、ジョアンナはその夜、初めてディレストを拒んだ。

仮面を付けたままでいたジョアンナは、ひとりで寝たい、と彼に伝えたのだ。緊張していたから、声が少し硬くなっていたかもしれない。

「――どうした？　気分が悪いのか？　風邪でも引いたか？　そろそろ気温が下がってきているから――」

「そうではないの」

ディレストの気遣いを心苦しく感じながらも、ジョアンナはどう言えば伝わるだろうかと頭を悩ませる。

結局、口から出た言葉は曖昧なものだ。

「その……ちょっと、疲れていて……昼間は仕事だし、夜は……その、夜くらい、もっと

ゆっくり眠りたい、と思って」

「ジョアンナ？」

「ご、ごめんなさい、でも、少しだけ――」

「構わないが」

ディレストのあっさりとした返事に呆気に取られた。

「――えっ」

「少し無理をさせていた自覚はあるからな。ゆっくり――そうだな、寝台もひとりで使うといい。今日は僕は自分の部屋へ戻ろう」

「え、あの……ご、ごめんなさい」

あまりに簡単に話がついてしまい、ジョアンナの心に罪悪感が湧き上がる。

だがディレストは、まったく気にしていないふうに苦笑していた。

「君が謝ることじゃないだろう？　僕も今日は反省して、大人しくしていよう」

「ご……あ、ありがとう」

「――うん」

にこりと笑ったディレストに、ジョアンナは心の中で言い訳をした。

――ふたりの、ためだから。

条件を満たすためだ。

ジョアンナのためであり、ディレストのためでもある。

子供ができないばかりに、彼も毎晩ジョアンナに付き合うのは大変なはずだ。

それでなくても、こんな田舎で暮らしてもらっているのに、とジョアンナはさらに心苦しくなって、どうして子供ができないのか、と自分のお腹に触れて悲しくなってしまう。

しかし、一番悲しく感じたのは、寝台にひとりで転がった時だった。

ひとりで眠るのは初めてではない。

なのに、どうしてこんなに寂しく感じるのだろう。

自分で言い出したことなのに、もう後悔している——

ジョアンナは、仮面を外した頬に流れ落ちる滴を、敷布に埋めて隠した。

*

ジョアンナと寝室を別にするようになって、今日で三日になる。

最初は一日だけのつもりだったけれど、ディレストはジョアンナのほうから「戻って来て」と誘ってくるまで待っていたかった。

毎夜、夕食が終わる頃になると、彼女は何かを言いたいのに言い出せず躊躇うようになり、ディレストが「おやすみ」と挨拶をすると、肩を落とす。

一緒にいたいと言いたいのに、恥ずかしくて言い出せず、しょんぼりする姿が堪らない。

「……ディレスト様、悪いお顔になっておられますよ」

「僕の顔のどこが悪い？」

どんな顔でもディレストの美貌が崩れることはないはずだ。

母親似のこの顔はやわらかな印象があり、女性に好かれやすい自覚はあった。

この顔をジョアンナが嫌っていないと思うと、この顔に生まれて良かったと心から思う。

「そういうことではないとおわかりのはずです……奥様は、八つも年下なんですよ。あまり追い詰めないようにないと、後悔なさいますよ」

「そうだな……八つも離れている……しかしジョアンナは、まだ二十歳であるというのになんとも言えない妖しさがあるな」

ディレストは、王宮で時折姿を見かけたジョアンナを思い出していた。

今、二十歳であるとしたら、これまで見て来た彼女はもっと幼かったはずだ。

しかしどの記憶を探っても、「仮面姫」の姿はまっすぐに前を向いて、誰から何を言われても、まったく意に介さない強さがあった。

王の掌中の珠とは、よく言ったものだ。

王は手ずから、彼女を一人前の女性に育てたのかもしれない。

そこにアルカナ侯の狙いがあったのかはわからないが、男からの好奇の目線や女性たちのやっかみを受けながらも凛とした女性に成長できたのは、王の指導があったからだろうし、ジョアンナの努力の賜物だろう。

王の寵妃、と噂されていたから近づかなかったが、ジョアンナこそがディレストの探し求めていた相手だと知っていれば、こんなにも遠回りしなくても済んだのに。その点だけは従兄を恨めしく思ってしまう。

それはさておき、ディレストはジョアンナとくっついていない時間を利用して、領内をいろいろと見て回っていた。

ジョアンナは、館の外には出ない。

まるで、館から一歩でも外に出ると、悪者に襲われてしまうかのように。

そして仮面を付けている自分を隠すかのように、執務室に籠って仕事をしているのだ。

ディレストが一緒に散歩に出ようと誘っても、すぐにアレンが「お嬢様に見ていただきたい書類が」と言って部屋に引き止めてしまう。

「――あの男、邪魔だな」

ため息とともに、ディレストの本音が零れた。

「アレン・ワイトですね」

側に居るのはクラウスだけなので、遠慮などない。

アレンは慇懃な態度を崩さず、有能な執事という印象を変えないままだが、ディレストの目から見れば明らかに猫を被っているのがわかる。

長くこの館に暮らす者は、それが当たり前になっていて気づかないのかもしれない。

ただ、知略に優れたアルカナ侯が、そんな人選ミスをするだろうか、と疑問にも思う。

「アレンの評判はとてもいいですよ。夜遅くまで働き、朝早くに仕事を始める。使用人たちの誰かが失敗してもすぐに埋め合わせますし、この館の采配は見事です。数字を見る能力にも長けていて、アルカナ侯が領主代理に選んだのもわかります。とくに、アルカナ侯がご存命のうちは、誰よりも主人を敬う使用人の鑑であった、と」

「……アレンが？」

「そうですね……今も同じでしょう」

ただ、敬う相手が前領主から現領主に代わっただけだ。

故アルカナ侯へはもうわからないが、ジョアンナに対する態度。

あれはまるで、ジョアンナを独り占めしているような――

ディレストはアレンを思い浮かべて睨み付ける。

「……ジョアンナは僕のものなのに」

「誰もが知っておりますとも――そう執務室の窓を睨み付けなくても。それに、ジョアン

ナ様の側にはカリナさんも控えておりますから」

　ジョアンナの仕事は執務室だけで行われているようだが、その扉は開いているし、侍女のカリナはしょっちゅう出入りしている。

　ふたりきりにはなることがない、とわかっているからこそ、ディレストはジョアンナの側を離れていられるのだ。

　そうでなければ、常に腰を抱いて側にいる。

　いや、本当は仕事だってジョアンナから取り上げて、寝室に閉じ込めておきたい。

　それをしないのは、そうすればジョアンナが悲しむとわかっているからだ。

「……そろそろ限界だ。今日こそはジョアンナを襲いにいくべきか……」

「不穏なことを白昼の庭先でおっしゃらないでください。……ところで、領地のことでひとつ気になることがありまして」

「ジョアンナには？」

「アレンが伝えているのでしょうが……それが気になって」

「――ディレスト様――！」

　ディレストがクラウスのほうへ振り向いたところで、遠くから声を掛けられる。

　顔を向けると、どこかの農地へ行く途中であろう領民たちがこちらへ向かって手を振っていた。

声を上げたのは若い娘だが、家族での移動なのか子供たちもいて全員がディレストに会《え》釈《しゃく》をしている。

ディレストも手を振り返すと、彼らは満足した様子で去っていった。

ディレストはベルトラン領に来てから、歩いて行ける距離にある農地や領民たちのところへ何度も足を運んでいる。

領地のことは、その土地で暮らしている者たちに聞くのが一番早いとわかっているからだ。

ディレストの秀麗な顔は、平民にも人気がある。

生まれながらの貴族として気品があるし、会話をすればどんな内容でも気さくに答えるから親しみやすいらしい。

ディレストは普通にしているつもりだが、いつだったかクラウスにそう評されたのだ。

だがディレストは、いつでもどこでも、自分に正直なだけだ。

彼らも、数日前に少し話をしただけだが、声を掛けてくる程度には仲良くなった。

その後も何人かに手を振り返して、ディレストはクラウスに向き直る。

「――それで、気になるというのは？」

「嘆願書です」

クラウスは声を潜めた。

館の庭は広く、庭師も遠くに見えるし、遠い農地には領民たちが働いているのも見える。そして周りには、遮るものが何もない。

自室や隠れたような場所で話すよりも、他の者が近づけばすぐにわかる開けた場所のほうが、密談するのに最適だとディレストは思っていた。

「どこからのだ？」

「北にある農地からのようです。それを私が知ったのも、偶然なんですよ。アレンと侍従のひとりが『先日渡した嘆願書について』と話していたのを漏れ聞きまして」

どこでどう漏れ聞いたのかはあえて問わず、ディレストは先を促した。

「アレンはもう知っているようです。侍従に聞いたところ、彼は内容を読んだわけではなかったようですが、領民からそれを受け取った当人でした。今年の春、北部で大きな嵐があったらしく、今年のその地の収穫が例年よりもはるかに低くなっている、と」

「それをアレンは？」

「嘆願書を読んでいるのですから、当然知っているでしょう――ただ、その嘆願書を、私は執務室で見ておりません」

いつの間に執務室へ入ったのかも、この際置いておいて、ディレストはそれがどういうことなのか、しばらく考えた。

「何か……ジョアンナに隠さなければならないことが？」

「それがさっぱり。確かに、北部の一部で不作はあるようですが、ベルトラン領の備蓄を開放すれば済む話です。広大な領地で、他では例年並みの収穫が見込まれているのですから、少しくらいなら揺るぎはしません」

「ジョアンナが、対策をとらないはずはないな……ならば」

アレンが、わざとジョアンナに伝えていないのだ。

しかし、どうしてそんなことを――？

「とりあえず、使いを出してその嘆願書を提出した者たちを呼んでおります。今日こちらに、まもなく到着するでしょう」

「今日？」

「ええ」

「これから？」

「ええ」

「………なんて人使いの荒い使用人なんだ」

「有能な主人に合わせておりますので」

「ジョアンナが知らないのならば、館で会うのは控えたほうがいいだろうな。こちらから迎えに行こうじゃないか」

「はい」

付き合いの長い分、嫌味を言ったところでうまく躱すクラウスに釈然としないものを抱えながら、庭を出て農村部に向かい歩き始めた。

しばらく歩き、館から少し離れた場所で、こちらに向かってくる者たちと出会う。

「――君たちが北部に住む者たちか？」

「――へぇ」

ディレストを見て、三人の男たちが慌てて頭を下げる。

ディレストの親よりも年上のようだが、毎日農地で働いているからか、逞しくしっかりとした身体付きで、なかなかの強行軍だったはずだが、疲れも見せていない。

「僕はディレスト・ベルトラン。領主となったジョアンナの夫だ」

「これは――どうも、初めてお目にかかります、北部の代表で、セダと申します」

真ん中のひとりが、慣れていないなりにもちゃんと頭を下げて、挨拶をする。

他のふたりもそれにならい頭を下げた。ディレストは畏まらなくてもいいと言い、気さくに話しかけた。

「北部から歩いて来たのか？」

「いえ、まさかさすがに――途中までは、荷馬車に乗って来たんで。領地内はあちこちに荷馬車が行き交ってまして、移動する時はそれに乗ってしまうと楽なんですよ」

「へぇ。面白そうだな」

人も物も活発に行き交うようになれば、町が活性化すると、先代の領主——アルカナ侯が始めたことらしい。

おかげで知り合いも増えたし、いろんな情報も得ることができて便利になった、とセダたちが笑う。

専用の御者がいて、多くの荷馬車が一日に領内を回るらしい。

それに乗って領内を一周するのも楽しそうだ、と思ったが、背後に冷ややかな視線を感じてあえて口にはしないでおいた。

しかしいつか、ジョアンナと一緒に回れたら楽しいだろう、と心に留め置く。

「それで、嘆願書を書いたのが、セダたちなんだな？」

「へぇ、ご覧になっていただけたので？」

「僕は見ていないが、知っている——その後、何か連絡はあったか？」

「いえ、それが」

セダは困ったように頭を掻いた。

「いつもなら、こういったことには、ありがたいことにすぐお返事をいただいていたんですが。不作なのはうちの地方の一部のことではありますが、隣の家がひもじい思いをしているのに、放っておくことはできません。ご領主——前のご領主のアルカナ様は、こういったことにはすぐに対応してくださっていたんで……」

なのに今回は、待てど暮らせど反応がない。

それでは彼らも、不安で確かめに来たくなるだろう。

「もし、駄目なら駄目でいいんです。周りからかき集めれば、今年くらいはなんとかなるでしょうから……それもあって、儂らとしましても早めに返事をいただければ、と」

「なるほど」

この領地は、かなりうまくいっているというのが、よくわかった。

ディレストが知る他の領地は、ひどいところでは領民が一度の不作で気落ちして動かず、それを領主が放置しておいたものだからさらに悪いほうへ向かい、領内に賊まではびこるまでに至ったところもあるのだ。

他にも、領民同士の諍いが絶えず、領主がいかに手を尽くそうとどうにもならなかったところもある。

だが、そんなことはよくある話だ。

しかし、ベルトラン領は違う。

働く領民たち全員が自分の仕事に誇りを持ち、やるべきことを自ら考えて行っているから、うまく循環《じゅんかん》しているのだ。

彼らに気持ちよく働いてもらうために、領主がその仕組みを整えるという構造だ。

やはり、知略策謀の忠臣と言われたアルカナ侯の領地なだけはある……

彼の意思は見事に根付いているのだ。

ディレストはふと、ジョアンナはこれを知っているのだろうか、と思った。

書類上では、領内が円満で、豊作であることはわかる。

しかし仕事をしている領民たちのこの顔を実際に見て、彼らの言葉を直接聞くことは、良き領主となるためには必要なことだと思う。

やはり、ジョアンナのために、荷馬車一周旅行をするべきか。

ディレストがそう思った時、躊躇いがちにセダが聞いてきた。

「……あのぅ、ご、ご伴侶さま？　旦那？　こういう時はなんて言うんだったか？」

戸惑った様子で他のふたりに確認している姿にディレストは思わず笑った。

「ディレストで構わない。ここの領主はジョアンナだから、配偶者に過ぎない僕はただのディレストだ」

笑ったことで、彼らの気持ちも解れたようだ。

クラウスから、「貴方は豪放磊落《ごうほうらいらく》という言葉がよくお似合いです」と言われたことがある。そういう性格が、貴族でありながら、平民たちとも仲良くなる秘訣なのかもしれない。

「ディレスト様、その……お嬢様、ジョアンナ様は、お元気で？」

領主館にお帰りになっているんでしょう、と尋ねられ、それがどうした、と素直に頷く。

「元気だ。今日も朝から執務室に籠っていて、相手にされない僕が散歩に出ているくらい

だからな」

「――そう、ですか、お元気で……」

セダの声には安堵が含まれていて、少し緊張していたことがわかる。

いったいどうしてジョアンナのことをそんなに気にするのか、ディレストが気にならないわけがない。

「ジョアンナがどうかしたのか？」

「いえ！　ジョアンナ様は……その、今もお面を付けていらっしゃるのか、と」

今度は不安そうな顔をするセダに、ディレストは眉根を寄せる。

「……そうだが、領内でも知れ渡っているのか」

外に出ないジョアンナ。

幼い頃に王宮に移り暮らしていたため、おそらくあまり領地には出ていないはずだった。

それに彼女は仮面を付けた姿を、慣れない者には見せたがらない。彼らはどこで見たのか。

厳しい目になっていたのに気づいたのか、セダは恐縮しながら話し始めた。

「それは……まだジョアンナ様が、七つか八つか、それくらいの頃のことで。アルカナ様はジョアンナ様をお連れになって領地を巡っておられました――と言っても、ジョアンナ様は馬車の中でじっとしておられて、外を走り回られていたわけではありません」

ちゃんとご護衛の者が付いておりましたし、と言うセダの言葉に、領内でも厳重な警備がされていたことがわかり、アルカナ侯の一人娘を案じる気持ちが伝わってくる。

「アルカナ様のご心配も、よくわかるんで。あんなにも可愛い子が、何度もかどわかされたんじゃや、親としては一瞬たりとも気が抜けねぇ」

「何度も」

ディレストが繰り返すと、申し訳なさそうにセダが頷く。

「最初に攫われたのは、まだ二歳の頃だったと、聞いております。そこからジョアンナ様は、何度も――」

「――まて、そのことは、領民のほとんどが知っていることなのか？」

仮にも、領主の家族の話だ。

貴族の一員である以上、噂だけでも傷になりかねない話は秘匿されて当然のはずだ。

それに何度も、とセダは言った。

それほどに繰り返されたのなら、アルカナ侯が不安のあまりついには仮面を付けさせて王宮に隠しても無理はないかもしれない。

ディレストはその時に出会っていれば自分が護ってやれたのに、と悔やんだ。

セダはディレストの問いに首を振って否定する。

「いえ、これは一部の、各地をまとめる者、それも儂らほどの年代のものが幾人か知って

いるくらいで他の者は知りません。皆、良きご領主だったアルカナ様の大事なお嬢様だと思っております。そもそも、儂が知っているのも、ジョアンナ様を恐れ多くも連れ去ろうとした者が、自分たちの知る者だったからで……大事なお嬢様に領民が傷をつけようとしたなんて、情けなくて広めることもできません」

頭を下げるセダや他のふたりは、真っ当な人間なのだろう。

だから代表という立場を任されているのだろうし、セダの声からはジョアンナを心配する気持ちがよく伝わってくる。

セダはさらに、大きな身体を小さくしながら、申し訳なさそうに続けた。

「それに……アルカナ様があまりにジョアンナ様を心配なさるんで、儂が昔、つい言ってしまったんです──『お面でも付けてお顔を隠されては？』と」

「お前の提案か！」

思わず返してしまったが、セダは恐縮しっぱなしだった。

「アルカナ様の気を紛らわす冗談のつもりだったんです！　アルカナ様が、そんなことをまともに受け取るとは思わず……ですがそれから、お面を付けたジョアンナ様が庭で遊んでいらした、という話を聞いたことがありますので、本当にもう……申し訳ない」

そこから数年も経たず、ジョアンナは王都に旅立って、領地に帰ってくることはなかった。

アルカナ侯が頻繁に王都に行っていたので、無事に暮らしていることだけはわかっていたらしい。

そしてセダたちは、そんなジョアンナがアルカナ侯の跡を継いだことが嬉しいようだ。

「あのお嬢様が……」

「お小さくて、アルカナ様の後ろによく隠れて笑っていらしたお嬢様が、なんと立派になられたことか」

彼らの中では、ジョアンナはまだ「小さいお嬢様」のようだ。

ディレストは、その記憶を更新させてやろう、と彼らに告げた。

「今年の収穫祭は、ジョアンナも出席する。領主を継いだ祝いと、僕と結婚した祝宴も兼ねようと思う。来れる者は館に来てほしいと皆に伝えてくれ」

「——本当ですか！」

セダたちは顔を輝かせて喜んだ。

「嘆願書の件も、こちらで預かっておこう。早めに連絡を入れるから、もう少し待っていてくれ」

ディレストの言葉に、何度も頭を下げ、セダたちは嬉しそうに来た道を戻って行った。

彼らの背中を見送り、ディレストもクラウスを従えながら、領主館へ戻る。

そしてぽつりと呟いた。

「――ジョアンナは、何度攫われたんだ？」

「確認いたしましょう」

仮面を付けて引き籠っていなければならなかったジョアンナ。

仮面を取ることに異様に怯えていた理由が、ディレストにもようやくわかった。

どれほど傷ついただろう。考えるだけで彼女を傷つけた者を切り裂いてやりたくなる。

今、目の前にその者たちが居ないことが残念でならない。

「誘拐犯はすべて、アルカナ侯が処分したと思われますよ」

王の右腕として、その手腕を買われた元宰相だ。

大事な一人娘を傷つけられて、何もしなかったはずがない。

それだけはわかって、ディレストは自分の気持ちを幾分か落ち着けた。

ジョアンナのことをよく知る者、と言っても、それは探す必要もないほどあっけなく見つかった。

王に確かめてもいいのだが、ディレストはすぐに知りたかった。

幼いジョアンナを知る者と言えば、館に長く勤めている者に限られてくる。

「私も、あまり長いわけではないのですが……」

そう言ったのは、メイド長であるポリーだ。

五十がらみの彼女は、十年ほど前に館に入ったらしく、ちょうどジョアンナとはすれ違いになっているが、数年前に辞めた前任者から「知っておくべきこと」として誰にも教えないようにと言い含められたらしい。

口外しないように言われ、それを忠実に守っていただろうに、クラウスが「大丈夫ですよ」と言うと、頷いて語り始める。

自分の侍従は、いったいどんな手を使ってこの女性を懐柔したのか。

気になるところだが、ひとまずそれは置いておいて、ポリーの言葉に耳を傾けた。

「最初にジョアンナ様がかどわかされたのは、わずか二歳だった、と聞いております。その時、奥様――ジョアンナ様のお母上でいらっしゃるフィリス様も、アルカナ様も大変取り乱しようで……それは王都でのことだったらしく、領地には知らされていなかったのですが、一時は大変な人手での捜索になった、と。けれどその時は、攫った者の関係者からの深い謝罪と共に、無事ジョアンナ様はお戻りになられました」

王都でそんな誘拐事件があっただろうか、とディレストは思い返すが、ジョアンナが二歳の頃はディレストもまだ十歳の頃だ。記憶は曖昧で、世間のことをあまり知らないのは不思議ではない。

「それ以来、王都は危険だからと、アルカナ様はフィリス様とジョアンナ様を領地へ連れ

帰り、ご領主のお仕事に専念されることになったのだとか……ですがそれからも、ジョアンナ様は何度か危うい目に遭われて、その回数が両の手の数を超える頃には皆数えることをやめていたとか。ですがそれらはすべて未遂に終わっておりました。アルカナ様の厳重な警備と、信頼する使用人たちでなんとかジョアンナ様を護って参りました。ただジョアンナ様は、その頃にはずいぶん怯えていらっしゃって、ひとりで外に出ることをなさらず、部屋の中でじっとしておられるご様子で。案じられたアルカナ様が馬車に乗って一緒に領地を見回るようになられました。それからアルカナ様は、何を思われたのか……ジョアンナ様のお顔を隠せばいいのだ、と言い始めて、ジョアンナ様が七つか八つの頃、お面をつけるように言いつけたのだと」

そこまで話して、ポリーも苦々しい顔になっていた。

攫われるのは子供のせいではない。攫う者が悪いのだ。

未然に防ぐためとはいえ、子供の自由を奪うようなお面を付けるのには、ポリーは反対のようだ。

だがディレストからすると、どちらが正解とも言えない。

「……お面を付けたことで、ジョアンナ様も安心なさったのか、誰かと一緒ならお庭に出られるほど元気になられた、と」

セダが言っていたのはこれだな、とディレストが思っていると、ポリーの顔がふいに強

張った。

「しかし、その緩みがいけなかったのかもしれません——ある日、ジョアンナ様に新しく子守がつけられました。平民でしたが、ある程度の文字も読めるし、本格的なご教育前のジョアンナ様には最適と思われたようです。ジョアンナ様もその子守に次第に懐き、お面越しではあっても、笑うことも増えたとか……アルカナ様もひと安心なさった時でした」

——その子守が、ジョアンナ様を攫ったのです。

ポリーの言葉に、ディレストも何も言えなかった。

「……いつもとまったく変わりないその日、子守はお昼寝をしているジョアンナ様を抱え、ごく自然な様子で裏口から館を出て、そこに用意していた荷馬車にジョアンナ様を乗せて、出て行きました」

「——ジョアンナは」

「アルカナ様や、館の者たちが気づいた時には、もうすでにどこにもおらず、領兵も使用人たちも総出で捜索しました。そこで農家のひとりが、すごい勢いで西に向かう荷馬車に乗った女を見た、と——アルカナ様はすぐに追いかけました。無事見つけた時は、もう少しで国境を越えるところだったとか。ジョアンナ様は、その荷台で……小さなお身体でしたので荷袋に詰められ、アルカナ様が助け出した時には、お面の下で何かを言うこともなく、ただ泣いておられた、と」

それからアルカナ侯がどのような対策をとったかは知っている。

すぐさま王に連絡を取り、状況を話して、ジョアンナを王宮の奥、後宮に隠してしまったのだ。

その時のアルカナ侯の思いやジョアンナの気持ちを考えると、慰めの言葉も出なくなる。

ジョアンナを攫った子守は、ふとした瞬間に、ジョアンナの素顔を見てしまったという。

無防備に眠っている間は、抵抗のしようもないだろう。

ジョアンナの素顔に魅了されてしまった子守は、他の誰にも見せたくない、誰にも傷をつけさせたくない、自分が護るのだと妄言を繰り返していたという。

なるほど、そう聞けば、ジョアンナが自分の顔を執拗に隠すのも無理はない。

しかし、とディレストは思った。

その子守は顔に魅入られたというより、ジョアンナの存在に魅了されたのではないか。

ただでさえ無垢なる子供は可愛いものだ。今でもあの可愛さなのだから、子供の頃のジョアンナはさぞや愛らしかったはずだ。攫ってでも独り占めしたいと思い込んでしまい、もう正気には戻らなかったのだろう。

そしてそれは、子供の頃の話だ。

今のジョアンナは、成人した大人である。

彼女は領主の仕事もできる、一人前の女性になったのだ。

「ジョアンナ様が領主館にお戻りになったのは、十六歳を迎えられた時です。私はその時初めてお会いしたのですが、優しく、誠実で、とても綺麗なお嬢様だと嬉しくなったのを、今でも覚えております。それから何度かお戻りになるたび、ジョアンナ様はますます知識を付けられて、いつか、ご領主として戻って来られることを、皆で心待ちにしておりましたが――……」

結果として、ジョアンナは領主となり戻って来た。

しかし、予定よりは早かったはずだ。

父であるアルカナ侯が病で倒れなければ、もっと長く王宮にいるか、もしくはアルカナ侯の側で領地の仕事について教わっていたかもしれない。

それが叶わなかったのは、本当に残念なことだった。

気落ちしてしまったポリーに、笑みを向ける。

「ありがとう、ポリー。教えてくれて助かった。これからは、僕がジョアンナを護っていくから、安心してくれたまえ」

「ディレスト様……いえ、旦那様」

「そう呼ぶのは、ポリーが初めてだな……だが僕は、ジョアンナの配偶者だ。ただのディレストで構わない。ジョアンナを護るためだけに、ここにいるのだから」

「まぁ……頼もしい。これからも、よろしくお願いいたします」

ポリーの朗らかな笑みを受けて、ディレストは次に三階へ向かった。

向かう先は、ジョアンナの執務室だ。

今日もアレンと仕事をしているのかと思うと面白くないが、だからこそ、声をかけに行こうと思い立ったのだ。

「——ジョアンナ」

開いたままの扉から中に入ると、そこには机に向かうジョアンナしかいなかった。

ちょうどいい、とディレストは続ける。

「出かけるぞ、ジョアンナ。一緒に外に行こう」

「——お断りします」

ジョアンナの声は、何故か冷ややかなものだった。

＊

「カリナとアレンはどうしたんだ？」

外出をすげなく断ったというのに、ディレストはまったく気にしない様子で部屋を見渡

している。

隠れる場所もないのだから、執務室にひとりなのはすぐにわかるはずだ。

「カリナはお茶の用意をしに……アレンは少し用があると、外しています」

正直に答えて、忙しさを見せるために机に目を落とした。

けれど、本当のところ内容など頭に入って来ない。

ジョアンナの頭の中は、他のことでいっぱいなのだ。

主に、目の前で笑っているディレストのせいで。

ジョアンナとディレストは、もう何日も身体を重ねていない。

そして、子供ができた兆候もない。

このまま、子供ができなかったら、どうしよう――

そんな不安と、ディレストが一緒にいない不安が合わさって、ジョアンナは落ち着かない毎日を過ごしていた。

毎夜、「そろそろ寝室に戻ってきては」と言おうとしていたが、それは自らあの行為に誘うようなもので、恥じらいが捨てられないジョアンナにはなかなか難しいことだった。

夕食を一緒にとったあと、隣の寝室へ促せば済むことなのだろうが、ちらりと扉とディレストを交互に見て、しかしその一言が声にならない。

――もう！　察してくれてもいいのに！

理不尽な怒りすら湧いてきて、ディレストをねめつけてしまった。

けれどディレストは、爽やかな笑顔で「おやすみ」と仮面の上に口付けを落として部屋を出て行ってしまうのだ。

その後、ジョアンナは落とされた口付けを確かめるために、仮面に触れた。

そこには硬質で冷たいものがあるだけだった。

あの、自分をおかしくする熱は、ジョアンナにはまったく届いていない。

アレンに言われ、あまり会わないほうが子供が授かりやすいのならばと、しばらく一緒に夜を過ごさないようにしたけれど、よくよく考えてみると、いたさなくては子供もできるはずがない。

このままでいくと、条件を満たせず、ジョアンナは正式に領主とはみなされなくなってしまう。

それは、だめ――

ジョアンナはそんなことは許されない、父の想いを裏切ることもできない、と必死に頭を働かせるも、うまい言葉も方法も思い浮かばない。

カリナに相談したいが、ただでさえディレストにいつも喧嘩腰になっている彼女に、夫を誘う方法など聞くわけにもいかず戸惑っていた。

カリナは、そもそもジョアンナが結婚するまでという条件で、侍女になってくれた人だ。

本来なら、領地に戻った時点でお役御免となっているはずだが、「まだディレストが信用ならない」だとか、「ジョアンナ様のことをメイドたちに教えきれていない」と言って残ってくれている。

それでも、護衛として来ていた夫のロベルトが王都に戻ってしまった以上、カリナも長くここに留めておくわけにはいかない。

——あんなに仲がいいのだもの……早く戻してあげなければ。

ジョアンナはそう考え、カリナには準備が整い次第王都に戻ってもいいと言ってある。まだ心配なので、とカリナは言うが、少しずつ準備は進めているのだろう。

寂しく思っても、仕方のないことだ。

どうすればいいのかわからず、ただ仕事に没頭しようと思っていたが、今日になって、ふいに外を見た時、ディレストが誰かと手を振り合っているのを見かけた。

遠かったけれど、相手が女性で、ディレストがにこやかに返していたのはよくわかった。

——いつの間に領民の女性を誑《たぶら》かしたの!?

誰かを傷つけるような人ではないと、ジョアンナもわかっている。

けれど、ジョアンナは知っているのだ。

王都でディレストがどう呼ばれていたのか。彼の評判がどうだったかを。

そして結婚しても、女性たちと付き合うことに躊躇いなどなさそうな態度を。

女性から女性へと渡り歩く博愛主義者で、麗しい王の従弟を知らぬ者などいない。

領地は持たないが、資産があって裕福なディレストは女性には大変な人気だったという。

それはジョアンナも知っていたけれど、今は違う。

彼は、ジョアンナの夫なのだ。

条件のためとはいえ、ジョアンナのためにここにいる。

条件を満たすまでは、ジョアンナと共にいなくてはならないはずだ。

ディレストの仕事は、ジョアンナと子供を作ることであって、領民を誑かすことではない。

いったい彼は、何を考えて――

それとも、なかなか子供ができないジョアンナに困っているのだろうか？

あれだけ毎夜身体を重ねていたのだから、できてもおかしくないと思うが、これもカリナに聞くに聞けないことだった。

一晩に何度するのが普通なのか、などと聞くのは誘う方法を尋ねるよりも恥ずかしい。

外を見ている時、その視線に気づいたアレンにも言われたのだ。

『ディレスト様は、女性に甘い方でいらっしゃいますね』

『――え』

『使用人たちにも気軽にお声をかけて――いえ、仕事の邪魔をされているわけではないの

で問題はないのですが、毎日お出かけになられて領民たちに話しかけては、主に女性からの人気を集めていらっしゃるのだとか。……お嬢様』

ジョアンナと同じものを見ながら、アレンは躊躇ったのちに、言った。

『遺言のためのご結婚と存じておりますが……あの方で、大丈夫ですか？』

『――――』

その問いに対する答えは、ジョアンナにもない。

ジョアンナのほうが知りたかった。

けれど、ディレストは優しく、ジョアンナの心を軽くする不思議な強さを持っている。

なにより、ジョアンナの顔を見ても自分の顔のほうが綺麗だと言い切るような人で、ジョアンナの顔を見てもおかしくならない貴重な人でもあった。

そんな人が、王の命令とはいえ夫になってくれたことが、なにより嬉しかった。

ジョアンナのためにここまで来てくれたけれど、長く拘束するのはやはり難しいのかもしれない――

ジョアンナはそこから仕事に戻ったものの、何を見ても頭の中はディレストをどうするか、ということでいっぱいで、思考が上手くまとまらなかった。

ただ、数字を見れば領地経営は順調であり、困ったこともないようだから、それだけはほっとする。

もっと領地を豊かにするにはどうしたらいいか、考えたいけれど。でもそれよりも。

ジョアンナは正式に、領主とならなければならない。

子供が欲しい。

自分をここにつなぎ止める確かなものが欲しかった。

そんなことを考えているところに、ディレストから散歩に誘われたのだ。

外へ行こう、と。

ジョアンナは素直に頷けなかった。

仕事があるのは確かだし、こんな気持ちでディレストと一緒にはいられない。

それに外は——

領主館から外へ出ることは、ジョアンナには難しいことだった。

硬く強張った顔を隠すように、仮面に手を触れて、安堵した。

隠れている、大丈夫——

ジョアンナはまだ執務室で待っているディレストにはっきりと言った。

「仕事が、あるので——」

「何か困ったことでも？　領内で災害が起こったとか？」

「——いいえ？　そうではないけれど。領内は今日も順調です。豊作と言うほどではないけれど、例年並みの収穫ができる見込みだし、ただ確認することがあって、忙しいから

「──」

「お嬢様、こちらの書類も見ていただきたいのですが」

いつの間にか部屋に入り、会話に割り込んできたアレンに、ジョアンナは助かったと、そちらの話に乗った。

「どれ？　見せて」

ディレストとの話は終わったと暗に示し、執務室を出て行くように仕向ける。

ディレストはごねたわけではなかったが、出て行く前に言い放った。

「──君は、領主としてはまだまだだな。見るべきものを見ず、引き籠ってばかりいては、王宮で隠れていた子供の頃と一緒だ」

「────」

彼にしてみれば当然で、正しい言葉だったのだろう。

けれどその言葉は、ジョアンナの心を引き裂いた。

ジョアンナの声を奪い、動きを止めるほどだった。

「お嬢様、大丈夫ですか？」

すぐに聞こえたアレンの声に、ジョアンナはどうにか体裁を保つ。

「──ええ、大丈夫。進めてちょうだい」

心が痛みを訴えて倒れてしまいそうだったけれど、ジョアンナは必死に立て直した。

こんなことで、倒れたりしない。

やっと摑んだ夢の端を、放したりしない。

父の代わりに、この領地のために、努力を続けてできるだけのことはしてきたのだ。

ジョアンナのことをよく知らない人の言葉ひとつに惑わされて、落ち込んだりなどしない。

たとえそれを言ったのが、ジョアンナの心に安らぎというものをもたらしてくれたディレストだったとしても。

心が涙を流しているかのように、痛みを訴えていたとしても。

ジョアンナは今の立場を、決して手放すわけにはいかないのだ。

七章

子供みたいなことを言ってしまった。

言ってから後悔するなど、ディレストには珍しいことだった。

「あんなことを言って、後悔なさいますよ」

クラウスが追い打ちのように言ってくるが、わかっているので放置しておく。

どうしても、堪えられなかったのだ。

執務室から出ようとしないジョアンナが。

アレンとふたりきりのジョアンナが。

ディレストを誘えないくせに、アレンとふたりでいることを望むジョアンナが。

これからいったいどうしてくれようと、顔を顰めていると、お茶をのせたワゴンを押すカリナと出くわした。

「それは、ジョアンナの？」

「ええ、最近お疲れのようですので、甘いものを、と」

ディレストと夜を過ごさないので、ジョアンナの朝は格段に早くなっている。

その分、執務室にいる時間が長い。

「カリナは、もうすぐ王都に帰るのか？」

「——……そうです、ね」

これまでは、カリナは王宮でロベルトと一緒にいられた。

領地に来ても、ロベルトはジョアンナの護衛だったので、ずっと一緒だったのだ。

王の側を長く離れられない騎士団長が、ディレストの護衛たちと違って王都に戻ったのは当然のことだった。

カリナとロベルトは、ディレストから見ても仲の良い夫婦だった。

だから側にロベルトがいない現状は、カリナにとっても思うところがあるのだろう。

しかし、簡単にジョアンナを放っていくこともできない。

子供がいない彼らにとってジョアンナがどんな存在なのか、ディレストも充分わかっている。

「メイド長のポリーは信頼できると思う。僕もジョアンナを護り続けると誓う。だから自分のよい時に、王都に戻るといい」

「ああ、今年の収穫祭にはジョアンナを参加させるから、来られるようならロベルトと来たらどうだ？」

カリナは少し驚いた顔をしたが、すぐに諦めたように笑った。

「――本当に、貴方ときたら。昔からやりたい放題の問題児で……」

ディレストの評判を知っていれば、冗談でもジョアンナを頼むとは言えないのかもしれない。

けれど、ジョアンナと出会ってからのディレストは変わった。

ジョアンナのためだけに今まで生きてきたのだとわかるほど、はっきりと自覚したのだ。

それをカリナもわかっているのだろう。

「まさか貴方に、ジョアンナ様を頼みますと言う日が来るなんて……」

「もっと早くに会わせてくれていたら良かったんだ」

ジョアンナを隠していた王やカリナが悪い。

そう言うと、カリナは笑ったまま辛辣なことを言ってきた。

「貴方が放蕩者として遊び歩くだけの方だと信じているわけではありません――でも、ジョアンナ様にあまり無体なことばかりをなさると、全力で隠してしまいますからね！」

「気を付けよう――僕は大事にしているつもりだが」

「ディレスト様……」

どうだか、と笑うカリナに、ディレストは気になっていたことを聞いた。

「――カリナ、君、ジョアンナの仮面の下を、見たことがあるんじゃないか？」

カリナの返事はなかった。

しかし、誰にも教えるつもりはない、という笑みだけが返された。

それで充分だった。

ジョアンナの仮面は、外してしまうべきかもしれない。

ディレストはこの地へ来て、そう思うようになっていた。

彼女の素顔を自分以外に知られたくない、という気持ちはもちろん消えることはないだろうが、仮面を付けているがために目立ってしまうのも確かだ。

自分を護るために付けている仮面なら、もう取ってもいいのではないか。

ディレストが見て、触れて、一緒に過ごしたジョアンナは、知らない誰かに怯えて、呪われていると言って顔を隠し、館に引き籠って一生を過ごすことを幸せとする女ではない。

自分の妻は、仮面にかかった呪いを打ち破り、外に出て、広い領地、広い世界を見て楽しそうに笑うのが相応しい。

ディレストにはもはや仮面の存在などどうでもよくなっていた。ジョアンナにとってあの仮面は、成長を止める不必要な存在だとわかったからだ。

昔は、確かに必要だったのだろうが――

ディレストは決めた。

——あの呪いを、解いてやろう。

カリナと笑い合い、気分が幾分か上昇したディレストは、今も執務室に引き籠っている妻を、今夜襲ってみることにした。


「——ジョアンナ、今日は朝まで一緒にいる」

ディレストは夕食が終わるとすぐに彼女にそう言った。ジョアンナは誘われると思っていなかったのか、驚いた様子でディレストを見たものの、すぐに顔を背けた。

怒っているのだとわかる。おそらく、今日自分が言ったことに対して、腹を立てているのだろう。

「——今日は、私は、ひとりでいたいので」

「僕は、ひとりで寝たくない」

「——貴方の都合ばかり、気にしていられませんっ」

思わず、といったように叫んだジョアンナに、カリナが驚いている。

侍女が心配そうに見つめているのに、ジョアンナは気づいていないようだ。

——仮面なんて、付けているからだ。

「クラウス、カリナ、外してくれ」

この先は他の誰にも見せたくなかった。

ディレストの指示に、カリナもしぶしぶながら従ってくれる。

ふたりきりになると、ジョアンナはディレストから離れるように身体ごと背けた。

子供の様なことを。

思わず笑ってしまいそうになるが、面白がってもいられない。

「ジョアンナ、僕がどうしてここにいるのか、わかっているだろう？」

「――わかって、います」

「せっかく結婚しているのに、いつまでも別々に寝るのもおかしな話だ」

「それも――」

わかっている、とジョアンナは尖った声で答えた。

「子供みたいに拗ねていないで、いい加減こちらを向かないか」

「子供ではありません！」

ジョアンナは勢いよく立ち上がり、そのはずみで椅子が後ろに倒れた。

厚い絨毯だったので、あまり大きな音は立っていないのが幸いだ。

ジョアンナは倒れた椅子にも目をくれず、ディレストに背を向ける。

「子供じゃないか。せっかく領地に戻ったというのに、執務室に引き籠ってばかりで、寝

室では夫を締め出している」

「それは――私は、仕事をしていて」

「それはどんな仕事だ」

「領地を」

「アルカナ侯は、仕事と言って、机にばかり向かっていたのか？」

沈黙を返したジョアンナが、それを否定しているのがわかる。

「外で、領地を支える領民たちと触れあうことすら拒んで、本当の領主になれるとでも？」

「――貴方に！」

強い視線とともに、ジョアンナが振り返った。

我慢できない、と言った様子で、仮面の下の瞳が怒りに濡れているのがわかった。

その目だ。

確かな強さが、ジョアンナにはある。

「貴方は何も知らないくせに！」

「――知っている」

思うまま叫んだジョアンナに、冷静な声で返した。

ジョアンナのことは、もう充分知っているつもりだ。

どうして仕事に必死なのかも。

何故仮面の下に顔を隠すのかも。

執務室から出てこられないのも。

「僕は君を見ているんだ、ジョアンナ」

出会ってからずっと、だ。

「そんな仮面を付けていても、僕にはなんの意味もない。君の気持ちなんて、すべてわかっている」

「────っ」

息を呑んだジョアンナに、ディレストは一歩近づき、仮面の下を覗き込んだ。

「見えていないのは、君のほうだ。そんな仮面を付けているからだ。他の誰の顔も見えていない。誰の想いも見えていない」

「そんな──私、は」

自分を護るように、ジョアンナは仮面に手を当てる。

誰にも奪えないように、しっかりと。

そんなものが、何を護っているというのか。

「アルカナ侯の遺言は、君にとって辛いものだっただろう。君はアルカナ侯から、父から信頼されていないのだと思って悲しんだはずだ」

「……っ」

びくり、とジョアンナの肩が揺れた。

「何度も誘拐されて、その顔のせいで狂わされると言われ、こんな顔でなければよかったのにと思ったはずだ」

本当に悪いのは、ジョアンナではない。

ジョアンナに狂わされたなどと妄言を繰り返す、頭のおかしい者たちが悪いのだ。

「幼い頃から、庭すら安全な場所ではなかったから、この館から出ることが怖い。そして、誰かと一緒にいるのも怖いし、ひとりになるのも怖い」

信用しても、もしかしたらと考えて、心の内には踏み込ませないようにしているジョアンナ。

自分が狂わせてしまうのだ、という怯えが、人見知りを激しくさせて、そのくせ本当にひとりきりになるとひとりが恐くて怯えている。

ジョアンナは、まだ子供でいるのだ。

本当は、もうひとりではないと気づいているくせに、頑なに仮面の下で自分を護っている子供のつもりでいる。

だがジョアンナは、もう子供ではない。

王宮にいた頃、陰口も聞こえていただろうに、背筋を伸ばした凛とした姿で王の前にいた。

努力を重ね、父の跡を継ぐために学んでいた。

使用人たちの前でも怯えず、主人としての務めを果たしていた。

遺言のために知らない男と結婚して、子供を作ることを受け入れた。

ディレストを受け入れて、怒って、拗ねて、喜ぶジョアンナ。

壮絶な幼少期を過ごしていたはずなのに、それほど感情に富んだ彼女が、いったいどうして子供のままでいるのか。

「この仮面を、取ってしまえばいい」

「――――っ」

ディレストの言葉を聞いて、おそらくひどく動揺し、倒れずにいるのが精一杯なのだろうが、ディレストはそれで許したりしない。

「この仮面の下にあるのは、人を狂わせる顔ではない。人を従わせる強さをも持った、美しい瞳だ」

ディレストの言葉は、届いているはずだ。

はっきりと頭の中に入って、ぐるぐると考えているはずだ。

ディレストは決して、ジョアンナを手放したりしない。

ジョアンナが強くなるように、全力で愛し続けるだろう。

ディレストがいるからこそ、ジョアンナが強くいられるのだとわかるまで、その身体に

自分を刻み付けなければならない。

絶対に、彼女から手を振りほどけないように、ジョアンナに教えなければならないのだ。

「ジョアンナ」

のばした手を、ジョアンナは咄嗟に跳ね除けた。

小さな力だ。

ディレストにしてみれば、子供が癇癪《かんしゃく》を起こして叩いた時よりも痛みがない。

「そんな――そんな、ことを」

ジョアンナの肩は震え、声にも感情が溢れていた。

そして決して仮面を取るものか、と手で押さえつけて、ディレストを恨めしい目で睨み付けていた。

「――貴方の、貴方に言われたく、ないわ！　貴方の仕事は、子供を作ることで――それだって、私はできないままなのに！」

「それは――」

「子供ができないからって貴方が諦めても、私は諦められない！　どうしても必要なんだもの！　どうにか、どうにかして、絶対に作ってみせるし、貴方が、いなくても――！」

ジョアンナは自分の言葉の意味を理解していなかったのかもしれない。

しかし、ディレストにだってどうしても看過できないことはある。

ディレストを拒むジョアンナの力など抵抗のうちに入らない。

どこにも逃がさない力で、ジョアンナを摑んだ。

「ジョアンナ、それは——他の男と子供を作るという意味か？」

「——っ」

仮面の下の目は、怯えを見せていた。

しかし、ディレストの昂る感情はすぐには収まらない。

「僕なんて、もう用済みだと？　夫の欄に名前さえあればいい、あとは好きにすると言いたいのか？　アレンと一緒になって、僕を裏切るつもりか？」

「——そ、そん、な」

声の震えるジョアンナを、そのまま隣の寝室へ引っ張り込んで、寝台のほうへ押し飛ばす。

よろけてそこへ手をついたジョアンナを、後ろから覆い被さって押さえつけた。

「——ちょうどいい色合いの男だと、喜んでいたのか？　僕を、あの男の代わりにするつもりで？」

「ち……ちが」

ディレストは冷静ではなかった。

自分でもそう気づいてはいたが、湧き上がる怒りに身を任せることしかできなかった。

この吹き荒れる嵐のような感情を吐き出すために、思ってもいない言葉をジョアンナにぶつけた。

少しでも、自分の言った言葉の意味を理解すればいいと思いながら、スカートの裾を捲り上げて、真っ白い肌を隠す下着も手荒く下ろす。

「――あっ」

寝台に手をつかせたまま、ディレストは後ろから秘所へ舌を這わせた。

濡れていない場所に、何度も唾液を送り込み、襞を舌で割って花芽を苛め、甘い愛液を零し始めた場所を吸い上げてやる。

「あ、あ、あぁぁっ」

こんな状態でも、ジョアンナはディレストを受け入れようとする。

下肢を晒しただけの格好は、いつもよりも淫らで、ディレストの加虐心を煽る。

綺麗な丸い臀部を摑み、秘所すべてを舐めしゃぶって、ディレストの知らないところなど何もないのだと知らしめてから、身体を起こした。

自分の準備はできている。

いや、ジョアンナを見れば、自分はいつだって臨戦態勢だ。

トラウザーズの前を寛げて性器を取り出し、ジョアンナの細い腰を摑んで、秘所の中に埋まっていく自身を眺める。

「あ、あ、あ――……っ」

高い悲鳴を上げながら、ジョアンナは上手にディレストを呑み込んでいく。

ゆっくりと一突きすると、もう一度鳴いた。

ディレストはそれに気をよくし、口端の上がる唇を舐めて上体をジョアンナのほうへ倒した。仮面を付けたままの彼女に囁く。

「……子種が、欲しいのだろう？」

ジョアンナの返事は、声にならない悲鳴になっていた。

＊

子種が欲しいのだろう。

その言葉を、ジョアンナは前にも聞いた。

確かに欲しい。

ジョアンナには、条件を満たすための子供が必要なのだ。

しかし、それがディレストの子供であればいい、と思ってしまっていることに気づいた

のは最近になってからだ。

結婚しているのだし、領主になるには必要だし、ディレストも望んでいるのだから、問題はないはずだ。

しかし、なかなか素直になれない自分に困っていた。

こんなに強情を張るつもりはなかった。

拗ねている、と言い当てられて、子供のように癇癪を起こすつもりもなかった。

本当は、あの腕に抱かれて、思うまま甘えていたかった。

温かく大きな腕の中が、どこより安心できてしまうのだと、知っておいてほしかった。

なのに、どうしてこんなことになったのだろう？

同じ言葉なのに、あの時と今では、どうしてこんなにも心に受ける衝撃が違うの？

「ひあぁっ」

じゅぶ、と大きな音を立てているのは、絶対にわざとだ。

ジョアンナを苛むように、ゆっくりと内部を搔き回し、おかしくさせるのもわざとだ。

こんな格好も、恥ずかしくてどうにかなりそうだった。

後ろから責められるのは初めてだ。

中途半端に服を捲られただけで、いつもより隠れているほうが多いのに、いつもより恥ずかしくて堪らない。

――こんな格好、いや。

ディレストの顔が見えない。

ディレストの気持ちもわからない。

いつもは執拗に触ってくる胸にも触れず、身体のどこを撫でるわけでもなく、苦しいほどの口付けすらない。

ただ、秘所を繋いで揺さぶられるだけの、まさに子供を作るための行為だ。

子供を作るためとわかっているのに、いったいいつからそれだけでは不満に思うようになってしまったのだろう。

ジョアンナは、ディレストと身体を重ねたかった。

気持ちいいことを、してほしかった。

虐めているようでそうではない、優しい声でジョアンナを甘やかしてほしかった。

じゅくじゅくと、秘所から泡立つように蜜が溢れているのは、ジョアンナの身体が喜んでいる証拠なのだろう。

――こんな、ふうでも。

ジョアンナは、ディレストにされると、嬉しいようだ。

嬉しいのだ。

ジョアンナは、ディレストの言葉が、嬉しかった。

ジョアンナのことを真剣に考えてくれている、強い想いだった。

嬉しくて、震えて倒れてしまいそうだった。

それと同時に、怖くなった。

ディレストはいったい、どういう人なのか。

この短期間で、ジョアンナのすべてを知ってしまっている。

誰にも知られていないはずの心の中を、すべて知っているかのように、ジョアンナの想いを代弁したディレスト。

嬉しかった。けれど、そこまで知られていることが怖かった。

――これ以上、知られたら……私、は。

ディレストの側にいて、子供を作って、ジョアンナはその後で、どうなるのか。

条件を満たしてしまえば、仕事は終わったと彼は王都に戻ってしまうかもしれない。

ディレストを引き止める術はないし、そんな権利もない。最初に彼にそう言ってしまったのだ。

これ以上、引き込まれる前に――

すでに充分、ジョアンナはディレストに侵されている気がしたが、逃げられるのなら、逃げてしまいたかった。

だがそれが弱さだと、いつまでも仮面の下に隠れているのは自分の弱さだとジョアンナ

は気づいた。

ディレストに言われてから気づくなんて、ジョアンナはどれほど愚かなのか。

ただ、気づいたって素直に受け入れることが怖くてできない、子供のままだ。

いや、恐れを知らない無邪気な子供のほうが、まだ素直なのだろう。

でもジョアンナには、無邪気な子供時代などなかった。

いつも緊張と恐怖に囲まれて暮らしていた。

嬉しさも喜びも小さくて、あまりに失いたくなくて、胸の奥にしまい込んで何も考えずにいたほうが楽だった。

最後に誘拐された時のことは、今でも覚えている。

忘れようとしても、忘れられない言葉がある。

信頼していた子守だった。

母のようにも慕っていた。

この人なら、ジョアンナのすべてを受け止めてくれて、もしかしたら楽しい毎日になるかもしれないと、希望すら持ち始めていた。

そう思っていたのに、ジョアンナは気づけば荷台に積まれて、身動きができなくなっていた。

父を呼び、亡き母を呼び、そして信頼していた子守も呼んだ。

ごく近くから返事があったことに驚き、恐怖に突き落とされた。

荷馬車を操っていた子守は、嬉しそうにジョアンナの呼びかけに応えたのだ。

だが、ジョアンナが助けて、出して、と願っても、彼女はジョアンナの言葉を聞いてくれはしない。

『ジョアンナさま、これからずっと、ふたりでいましょうね、だれにも邪魔はさせません、ずうっと、ずうっとふたりです、きれいなふくをきて、おいしいものをたべて、ずっと一緒にくらすんです、他のだれにも見せません、わたしのジョアンナさまですから、わるいやつらからわたしがまもってあげます、ずうっとそばにいます、ずうっと一緒です、ジョアンナさま、たのしみですねぇ、嬉しいですねぇ、ようやく、一緒になれますねぇ』

まるで呪文のようだった。

恐ろしく楽しそうな声で、ジョアンナを呪う呪詛のようだった。

ジョアンナが何を言っても、子守だった彼女は壊れてしまった人形のように自分の気持ちを話し続け、終いには同じ言葉を繰り返すばかりになった。

もう父には会えないのだ。

ジョアンナは絶望という暗闇に落とされた気がした。

ジョアンナはそこから逃れることは無理だと諦めていた。

その後、幸運にも父に助けてもらえたが、しばらくは何も考えることができなかった。

ただ誰もいないところに、自分を隠していたかった。

もう二度と、誰かに攫われるのは嫌だと怯えていたのだ。

自分の人生を、誰かに奪われるのは嫌だと、それだけを考えていた。

しかし怯えたままではいられないと覚悟を決めて、大人になったはずだった。

父の跡を継ぐことになり、自由になったはずなのに。

大人になって、力を付けて、自分でなんでもできるようになったはずなのに。

ジョアンナは、結局、あの頃から何も成長していないのかもしれない。

身体は火照って熱いのに、心はこんなにも冷えて、怖い。

「んっんっ、んっ」

後ろから揺さぶられているせいなのか、心が悲しいせいなのか、ジョアンナの瞳からあとからあとから涙が零れる。

仮面のせいで、敷布に落ちることもなく、目が滲んでいくだけだ。

——こんな、仮面のせいで。

満足に泣くこともできない。

ジョアンナは敷布を握りしめていた手を頭の後ろに伸ばし、仮面の紐を緩めた。

するりと、なんの抵抗もなく仮面は敷布の上に落ちた。

「あぁぁっ」

一際強く、ディレストが後ろから突き上げる。

身体と声に引きずられて、頭がぼうっとなってしまう。

「あ、あ、あぁあ……っ」

強い律動に、ついて行くこともできず、ただディレストの解放に向かって、一緒に昇り詰めさせられた。

どくどくと、熱を自分の中に感じる。

——子種、が。

ジョアンナはそう思ったけれど、そんなこともどうでもいい、欲しいものはそれではないのだとディレストが離れた隙に、寝台に転がった。

ドレスが汚れるのも気にしないで、上を向いてディレストを探す。

ディレストは、そこにちゃんといた。

ジョアンナのすぐそばに、ちゃんといてくれている。

「……ディ、レスト、さま」

ディレストは何も言わなかった。

まだ、怒っているのかもしれない。

癇癪を起こし、自分のことだけでいっぱいになっていたジョアンナを、もう見限ろうとしているのかもしれない。

——そんな、怖いこと。

ディレストがいなくなる。

想像しただけで、ジョアンナは不安で仕方がなくなる。

子供ができたら、必要のなくなる人だったはずなのに。

いったいいつの間に、彼はこんなにもジョアンナの中に入り込んだのだろう。

乱れた格好のまま膝を立てると、はしたない場所が見えてしまうのはわかっている。

それでも、ジョアンナはディレストをじっと見つめて、手を伸ばした。

その手は、振り払われなかった。

しっかりと握り返され、両手の指と指を絡めながら、ディレストはジョアンナに重なる。

なんの抵抗もなく、ジョアンナはもう一度ディレストを受け入れた。

「あ、あ、んっ」

秘所が繋がっているだけだ。

性感帯だと教えられた身体のどこも触れられてはいないのに、ジョアンナは気持ちよくなってしまった。

「ディレ、スト、さまぁ……っ」

名前を呼ぶだけで、頭がおかしくなりそうだった。

その名前を呼ぶ権利を持っていることが、嬉しくてならない。

ジョアンナを見つめるディレストの口端が上がり、にやりと笑うような顔になっているのに気づいたけれど、その意味を推し量るほどの理性は残っていない。

「あ、あんっあっあぁっ」

繋がった場所を擦られるだけで、ジョアンナはもう一度達した。

ディレストの熱を受け止めることが嬉しくて、また泣いてしまった。

八章

朝になって目を覚ますと、隣にディレストが横たわっていた。

眠っていたのではなく、じっとジョアンナを見ていたようだ。

寝顔を見られたことが恥ずかしくて、ジョアンナは慌てて跳ね起きて仮面を探してしまう。

「ははは、ジョアンナ、探し物はここだ」

ディレストはジョアンナの白銀の仮面を弄び、楽しそうに笑っている。

それがなんとも憎らしく思えて、ジョアンナは勢いをつけて奪い返そうと手を伸ばした。

けれど反対に腕を取られ、もう一度寝台に押し倒される。

自分が裸であることに、さらにディレストも同じく全裸であることに今更気づき、羞恥心が増す。

「――まだ、朝は早い。ジョアンナ」

そして低く、嬉しそうな声でディレストは囁いた。

「言っただろう。男は、朝も準備ができているんだ」

その意味をもう一度身体に教えられることになったが、ジョアンナにはもう逃げ出すこともできなかった。


ジョアンナが覚醒《かくせい》したのは、それから一刻は経っていた。

しびれを切らしたカリナの声と、扉が強く叩かれる音で我に返り、ジョアンナは慌てて身を起こした。ディレストはすでに、ひとりだけ起きて服を着ていた。

ジョアンナも急いでガウンを羽織り、カリナを部屋に入れて身支度をした。そして恥ずかしさが抜けきらないまま朝食の席に着く。

今朝も運動したからお腹が空いたな、などと抜け抜けと言ってのけるディレストは確かにすごい食欲だった。ジョアンナは自分の食べられる分を必死で食べていると、水を一息に飲み干したディレストは思い出したように聞いて来た。

「――そういえばジョアンナ、知っているか？　領内で困っていることがあると」

「――えっ」

なんでもないことのように話されて、ジョアンナは一瞬理解が遅れたが、慌てて聞き返した。

「それは――いつ？　どこで？　誰が？」

「僕が外を歩いている時だ。いろんな人に会うからな。ベルトラン領の人たちは、本当に気持ちがいいな。話していて楽しい。ジョアンナも、外に出て聞いてみればいい」

「でも――でも、そんなこと、アレンは一言も……」

ジョアンナは食堂に入る時には、仮面を付け直していた。

ディレストの前では外せても、他の人の前ではまだ怖い。

仮面を外すということは、自分を晒すということだ。その決心は、まだ付かなかった。

それを咎めるでもなく、ディレストはさらに外へと誘う。

ディレストの言うことが本当なら、大変なことだ。

領民が困っていたら、どんな小さなことでも話を聞き力になること、と父に教えられているし、ジョアンナ自身もそうしたいと思っていた。

けれど、これまで領主代理をしてくれていたアレンは何も言っていなかった。

気になるけれど、確かめてもみたい。

戸惑っていると、ディレストはジョアンナを一瞥して、ごちそうさま、と先に席を立った。

「僕よりアレンが大事なら、勝手にするといい」

「ちが……っ」

そんなことは言っていない。

けれどディレストは、ジョアンナの言葉を待たず、そのまま部屋を出て行った。

残されたジョアンナは、完全に食欲を失ってカトラリーを置いた。

横からそっと、躊躇いがちにカリナの声がかかる。

「ジョアンナ様……ディレスト様は、適当なことをおっしゃる方ではありませんよ」

「……ええ」

それは、わかっている。

ディレストを信用しているのだ。

でなければ、ジョアンナは自分から仮面を取ったりしない。

しかし、外に出るということにはまだ不安があり、アレンにもちゃんと確認を取ってからという思いが、ジョアンナの足を鈍くさせていた。

そのまま執務室へ向かう途中、ジョアンナはいつも側にいてくれるカリナの隣に並んだ。

「ジョアンナ様？」

「――その、カリナ、これまで、ずっとありがとう……改めて言うのもおかしいけれど、私、ずっと貴女に、貴女とロベルトに、助けられてきたわ。心から感謝しているし……そ

の、気を悪くしたら申し訳ないのだけれど、カリナとロベルトを、本当の親と言うか、家族のように思っていて、ずっと大事だったの」

「――ジョアンナ様」

もうすぐ、カリナは王都へ帰ってしまう。

ジョアンナの侍女ではなくなり、側にいることはなくなってしまう。

昨日、ディレストに言われた言葉が突き刺さる。

『誰の顔も見えていない。誰の想いも見ていない』

――仮面のせいで。

そんなわけはなかった。

いつも側にいてくれたカリナの気持ちは伝わっていたし、本当に家族のようだと思っていた。

ただ、それを言葉にすることはなかった。

こんなところで、とも思うし、今更だとも思うけれど、気持ちが溢れてどうしようもなくなって、つい言ってしまったのだ。

けれどカリナの様子を見れば、言って良かったのだと思える。

出会った頃より年を取った顔が、嬉しそうに震え、目が潤んでいる。

「ジョアンナ様……なんてこと……そんなお言葉を、こんなところで、もう」

叱っているようで声は震えていて、まったく怖くない。

ジョアンナの気持ちも昂ってしまい、同じように目が潤みそうになった。

しかしカリナは笑った。

「ジョアンナ様、無礼を承知で申し上げれば――私もロベルトも、貴女を自分の娘のように思っておりました。大事な大事な、可愛い娘です。結婚しても、それは変わりません。いつでも、会いに来てください。私も、ロベルトと暇を見つけて――いえ、退職したらここに住もうかしら……？」

それもいいかも、と言い出すカリナに、ジョアンナも泣いてなどいられない。

「早期退職もいいかも……ロベルトもいい加減、年だし、後継者に譲らなきゃですし……」

「カリナったら、ロベルトにちゃんと相談してから決めてちょうだい」

それもそうですね、と笑うカリナと笑みを交わして、ジョアンナは執務室へ入る。

「おはようございます、お嬢様」

「おはようアレン」

すでに来ていたアレンと挨拶を交わすと、アレンは書類を揃えながら首を傾げる。

「――どうなさいました？」

「何が？」

「なんだか今日は……ご機嫌がよろしいようですので」

「あら」

ジョアンナは振り返ってカリナと笑い合い、なんでもないの、と肩を竦めた。

そこでジョアンナは、アレンに聞かなければ、と思い出し、尋ねた。

「――そうだわ、アレン、ちょっと聞きたいのだけど」

「なんでしょう、お嬢様」

「最近、領内で何かなかった……？　あまり大きなことでもないと思うのだけど、困った人とか、困ったこと、とか」

「――いいえ、何も？」

アレンは不思議そうに首を横に振った。

「……そう？」

「ええ、収穫も順調ですし、報告通りかと。どこも平和そのもので、諍いなども起きておりません」

「そう……なら、いいの、だけど」

きっぱりと言い切ったアレンに対し、ジョアンナは歯切れ悪く頷いた。

ディレストが、嘘をつくとは思えない。

では、何があるのか？

それは、アレンも知らないことが、領内で起こっているかもしれないということだ。
つまり――外に出て、自分の足で出向いてみなければ、見つけられないものだ。
ジョアンナは窓の外を見て、書類ののった自分の机を振り返る。
もう一度窓を見て、ジョアンナは決めた。
「――アレン、朝の仕事は、少し遅らせてもいいかしら？」
「ええ、もちろんですが――どうなさいました？」
「ちょっと……ちょっと用事があるの」
ジョアンナは言葉を濁し、そのまま執務室を出た。
後ろにカリナが居てくれることに安堵する。
少なくとも、まだひとりではない。
しかし、心臓が煩くてどうにかなりそうだった。
――私は今、何をしようとしているのかしら？
緊張しているし、不安も押し寄せてくるのに、動く足を止められない。
ジョアンナはそのまま一階まで下りて、玄関ではなく庭に繋がるサンルームに入った。
明るい部屋は、朝から眩しいくらいだった。
その光に誘われるように、ジョアンナは観音開きになっている硝子戸に近づく。
一歩ずつ確かめるように前へ進み、扉に手を掛けると、それは簡単に開いた。

まるで、ジョアンナを外へと誘っているかのようだ。

「──ジョアンナ様」

カリナの声が聞こえ、一度深呼吸をする。

ジョアンナは自分の顔に触れて、仮面を付けていることを確かめた。

──わたしはこれで何を護っていたのかしら。

仮面があれば部屋を出られたし、人と向き合うことができた。つまり、ジョアンナにとってお守りのようなものなのだ。

それ以上のものでもないし、以下でもない。けれど自分の気持ちを守ってくれる。

開けた庭は、とても綺麗だ。遠くまで見渡せる。

庭師が低い立ち木を整えてあるし、領兵たちの訓練に使われることもあるし、領民たちが集まれる場所でもある、広い場所だ。

──こんなに、見晴らしが良かったかしら。ここは、もっと狭くて、暗くて……木が覆っていて。

ジョアンナの記憶にある場所と同じはずだが、まったく違って見えた。

それは子供の頃の記憶だから、大人になった今とは視点が違うせいもある。

──私は、今まで、何を躊躇っていたのかしら。

ジョアンナが一歩踏み出そうとした時、サンルームにメイドが来て、声をかけてくる。

「――カリナ様、クラウス様がお呼びです」

「――え？」

呼ばれたのはジョアンナではなく、カリナも首を傾げていた。

呼びに来たメイドに、カリナが問い返す。

「何かあったの？」

「いえ……えっと、私も呼んでくるように、と言われただけで」

「そう……わかったわ。ジョアンナ様」

カリナはメイドに頷き、ジョアンナを振り返る。

ジョアンナもわかっていた。

「ええ、行って来て。私はもう少し、ここにいるから」

「――あまり、遠くにお出にならないように」

「わかってるわ」

まるで子供に言い聞かせるようなカリナに、ジョアンナは思わず笑って返し、見送った。

もう一度庭を見て、そっと土を踏みしめてみる。

「――――」

簡単に、外に出てしまった。

いったいこれがなんだというのか、と自分に問いただしたいくらいだ。

サクサクと庭の土を踏んで、その感触が面白くて、その場で円を描くように回ってみる。

「――ふふ」

こんなことが面白いなんて、ディレストに言ってみたらどんな反応をするだろう？

今日は調子が良さそうだし、このままディレストが会ったという領民にも会いに行って、話を聞けるかもしれない。

そう思うと、いてもたってもいられなくなってディレストを探そうとサンルームのほうへ戻る。

だが部屋に入りかけて、ジョアンナは動きを止めた。

いつの間にかそこにアレンが立っていたからだ。

「――ああ、びっくりした、アレン……どうしたの？　何か用事があるなら、声をかけてくれれば良かったのに」

「――貴女が、外に出てしまわれたから」

「え――？」

「外は、危ないですよ、お嬢様」

アレンはそう言ってさっとジョアンナに近寄ると、その腕を掴んで口を布で塞いだ。

「――んっ!?」

苦しいほど強い、アルコール臭がした。

そう思った直後、ジョアンナの意識は途切れた。

＊

ジョアンナを煽ってはみたものの、さてどう動くべきかと思案しながら館の玄関に向かっていたディレストは、外に出て待つべきか部屋の前で待つべきか決めかねていた。

「お人が悪い……」

クラウスの呟きは、聞こえなかったことにする。

そこに、従僕のひとりが慌てた様子で駆け寄ってくる。

「――ディレスト様！」

どうした、と聞き返す前に、息を切らした相手が続けた。

「その――表の玄関に、ご両親が……」

「――は？」

「ディレスト様のご両親だ、とおっしゃる……マエスタス公爵夫妻が、いらしております」

久しぶりに驚いた顔をして、ディレストはクラウスと顔を見合わせた。

その顔で、どちらもなんの連絡も受けていなかったとわかる。

「と、とりあえず、ホール横の客間にご案内しておりますっ」

必死に伝えてくれた若い従僕を労って、ディレストは足早に客間へと急いだ。

「そんな予定あったか？」

「いいえ……まだ国境沿いにおられるものとばかり」

「僕もそう思っていた」

客間の扉を開くと、そこにはソファの上で寛ぐふたりの男女の姿があった。

旅装だったが見間違えようもない。確かに、ディレストの両親だった。

「まぁディレスト！　久しぶりね！」

「少し見ない間に大きくなったんじゃないか？」

「――お父さん、お母さん」

にこやかにはしゃいだ様子の両親に対し、ディレストは目を据わらせて彼らを見た。ずかずかと部屋に入り、ふたりの正面に立つ。

「お母さん、久しぶりなのは貴方がたが家に戻って来ないからです。お父さん、この年でもう大きくなどなりません――いったい、どうしてここにいるんです？」

相変わらずな両親に、それでも律儀に答えてやってからディレストは理由を求める。

マエスタス公爵は、領地を持たない。

その代わりに、しょっちゅう旅行と称していろいろな場所に出向くのだ。

そこで集めた情報をまとめて、王に報告しているのだからそれが仕事とも言えなくはないのだが、もともと彼らは奔放《ほんぽう》な人たちなので、仕事がなかったとしても自由に旅をしていただろう。

王都にいるとくだらない陰謀に巻き込まれそうになったり、望まない王位を唆す者たちが絶えないから、逃げ回っているというのもあるが、自分の両親ながら、少しは落ち着けばいいのに、とディレストはいつも思っていた。

そもそも、ディレストがここにいるのも、半分は両親のせいでもある。

王に結婚を命じられた時に、逃げ道を塞いだのは彼らからの手紙だ。今となっては恨むことはないが、それにしてもいきなりベルトラン領に来るなんて、どうしてこの人たちには常識というものがないのか。本当に自分はこの親の子供なのか、とディレストは考えてしまう。

「――充分、受け継いでおられます」

ぼそり、とクラウスが人の思考を読んだように背後で呟くが、聞こえないふりをした。

マエスタス公爵である父、パーシヴァル・マエスタスと母、シンディ・マエスタスは朗らかに笑い、息子に答える。

「だって、貴方が無事結婚できたかどうか心配だったから……」

「だとしても、事前に連絡くらい入れるべきでしょう？」

「ちょうど国境にいたんだ。手紙を出そうと思ったんだけど、自分たちのほうが早く着きそうだったから」

おそらく、馬車を駆り立てた強行軍で来たに違いない。

両親の使用人や護衛たちが憐れに思える。

「他の者たちも、別室で休んでおりました」

クラウスがいつの間にか部屋を出て憐れな使用人たちを確認していたようだ。とりあえず、ベルトラン領の領主館の使用人たちはよくできているのがわかった。

「それで、貴方のお嫁さんはどこにいるの？　結婚式に間に合わなかったのが本当に悔やまれるわ！」

「可愛らしい子なんだろう？　お前、無茶をして困らせていないかい？」

今まさに自分が両親に困らされている、と言えたらどれだけいいか。そう思いながらも、言っても意味はないとわかっているから口を噤み、違うことを言う。

「――ジョアンナは今、仕事中ですので。僕も暇ではないんですよ、いろいろと……」

「そう！　ジョアンナちゃん！　そうよ、可愛い名前だって思ったのよ！」

突然手を叩いて、上機嫌で喜ぶ母に、ディレストは訝しむ。

まるで近所の子を呼ぶかのような勢いと態度だ。

「失礼ですけどお母さん、ジョアンナはすでに僕の妻で――」

「貴方と結婚できて、本っっっ当に、ほっとしたのよー。もう、ベルトラン領に足を向けて寝られないって思っていたくらいだから」

「そうだな、こうなると、必然だったのかもしれないなぁ……ディレストも昔から、勘のいい子だった」

「……いったいなんの話をしているんです？　息子にもわかるように話していただけますか。ここはふたりだけではないんですよ」

嫌みなど通じないだろうとわかっていながらも、多少の嫌みを交えて言うと、嬉しそうなシンディがさらに頬を緩めた。

「あら！　貴方覚えていると思ったのに……だから責任を取ったのかと」

「シンディ、覚えていたらもっと早く迎えに行ったはずだよ。堪え性の無い子だからね」

母も母なら、父も父だ。

ずいぶん言いたい放題だとひきつった笑みを向けながら、ディレストは低い声を出した。

「――で？　どういう意味です？」

さっさと吐け、と脅すような声で言ったが、彼らは怯えもしない。

しかし、あっさりと答えは返ってきた。

「ジョアンナちゃんを最初に誘拐したのは、貴方じゃないの」

「――――は？」

「そう、あの時は本当に驚いた……十歳の子供がもっと小さな女の子の手を引いて部屋に籠っているんだからね……しかも、その子と結婚するからと宣言までして」

「まぁ可愛らしい、と思って喜んだけど、本当に攫ってきたとわかった時にはびっくりして……ベルトラン侯爵には本当に、本当に何度もお詫びしても足りなかったわ」

「私の首が繋がっていることが不思議なほどだったね」

両親が何を言っているのか、ディレストは珍しく理解が遅れた。

けれど両親は呑気な性格で奔放だけれど、嘘をつくことはない。それが事実であったと言わざるを得ない。

つまり、ディレストは十歳の時に、二歳のジョアンナを見つけて結婚するために連れ出していたのだ。

それが、ジョアンナの最初の誘拐事件となる。

ディレストに連れられたジョアンナは可愛く、そして大人しかったらしい。

泣いてもいなかったし、ディレストに懐いているようでもあり、最初は近所の友達と遊んでいるのかと思っていたくらいだったという。

あとになって、ベルトラン侯爵の令嬢が行方不明となり、誘拐されたと貴族街に広まり、

気づいた両親は真っ青になって慌ててジョアンナを返しに行った、と。

その時、泣いて嫌がったのはディレストのほうだった。

どうしても、あの子じゃないと嫌だ、と珍しく駄々を捏ねて、両親を困らせた。

その時、母が言った言葉は覚えている。

『一生寄り添う相手は、そんなにすぐに決めるものではないの。たくさんの女性を見て、いろんな経験をして、その後で、この人だと思った相手を選びなさい』

素直な子供だったディレストは、それもそうかも、と思った。

そうして、社交界で博愛主義者や放蕩者などと呼ばれるまでになったのだ。

そんなディレストが、初志貫徹とばかりに、ジョアンナと結婚した。

両親はそれを聞いて、誰より一番喜んだのだろう。

――そうか、つまり、僕とジョアンナは、運命だったのか。最初から繋がっていたということだ。

ディレストが納得していると、クラウスの冷ややかな視線を感じてそちらに目を向ける。

「――なんだ？」

「――いえ、もう、お好きになさってください……」

何かを諦めた様子だったが、好きにしろと言うのなら好きにしよう。

そこへ控えめな音がして、客間に新たな人物が顔を覗かせる。

「——クラウスさん、こちらでしたか……」

カリナだった。

室内には四人いるが、ディレストでもマエスタス公爵夫妻でもなく、侍従のクラウスに声をかけている。

「カリナさん、どうしました？」

「どうしました、って……お客様でしたか？」

入口に控えているカリナは旅装のふたりを見て首を傾げている。おそらく、そんな予定があったかどうかを思い出しているのだろう。

思い出しても無駄だ、とディレストはさっさと紹介することにした。

「カリナ、僕の両親だ。お父さん、ジョアンナの侍女で、騎士団長の奥方でもあるカリナ・クレーマンです」

「——えっ」

「まぁ、そうなの？　初めまして、カリナさん、シンディ・マエスタスです」

「愚息がお世話になっております、パーシヴァル・マエスタスです」

「……っ初めてお目にかかります、カリナ・クレーマンと申します」

慌てて深く礼をしたカリナはまったく悪くない。

いつも規格外のことをする両親が悪いのだ。

そう思っているから、ディレストは挨拶の遅れたカリナを責めるつもりはまったくなかった。

王宮勤めの長いカリナだが、ディレストの両親はほとんど王都に戻らず、王宮で過ごすことも少ないから初対面だったようだ。

しかし、カリナは目敏く両親の前のテーブルに何も出されていないことに気づき、クラウスに視線を向ける。

「申し訳ありません、お茶のご用意もせず……すぐに、主も呼んで参りますので。どうぞ先に旅装を解いてお寛ぎください」

カリナはすぐさま客人をもてなそうとするが、それを壊すのが両親だ。

「いや、お構いなく」

「私たちは、すぐに王都に向かう予定なの。そろそろ帰らなければならないから、途中でちょっとここへ寄っただけなのよ」

「息子の元気そうな顔も見られたし、これで失礼しようかと」

「そんな……」

カリナは慌てているが、出て行くと言うのならディレストは止めたくない。

放っておいてくれ、と言おうとして、ディレストはカリナを改めて見る。

「——カリナ、そういえば用はなんだったんだ？　クラウスが必要なら連れて行っても構

わないぞ」

「いいえ……クラウスさんが、私を探している、と」

「――え？」

驚いた顔のクラウスに、はっと気づいて視線を合わせる。

「――カリナ、ジョアンナは!?」

「一階のサンルームから、お庭に出てみるとおっしゃって。今はおひとりで……」

「ひとりなのか！」

言いながら、ディレストは駆け出していた。

両親も侍従も残して、カリナを押しのけて廊下を全速力で走る。

そしてたどり着いた先の部屋には、誰もいなかった。

硝子戸が庭に向かって開いていただけだった。

すぐさま、捜索隊を出してジョアンナの行方を探したが、ジョアンナの痕跡はどこにもなかった。

九章

「う……ん」

屋外のような匂いを感じて、ジョアンナは目を覚ました。

薄目を開けて確かめると、天井が見えたので外ではないとわかり、ゆっくりと身体を起こしてみる。

「……いた」

頭がずきり、と痛みを訴えたけれど、頭痛で騒いでいる場合ではない。

仮面を付けていることにどこかホッとしながら、ジョアンナは部屋を見渡した。

石造りの、窓ひとつない部屋だったけれど、床には毛足の長い絨毯、チェストには凝った装飾がされてあり一級品とわかる。そして自分の寝ていたのは柔らかな寝台で、敷布も清潔そうなものだった。

窓はないが、燭台に明かりが灯っていて辺りはよく見える。

石造りの部屋の壁の一面が、鉄格子でできていることも、よくわかった。

「――ここ、は」

鉄格子の向こうは石の廊下で、カビでも生えているのか、屋外に似た匂いはそこからかもしれない、と気づく。

コツコツ、と足音が聞こえて、ジョアンナははっと身体を強張らせる。

真新しい燭台を手にして姿を見せたのは、執事の服を着た、いつも通り一分の隙もないアレンだった。

「お目覚めですか、お嬢様」

がちゃり、と取り出した鍵で鉄格子にあった扉の鍵を開け、アレンが中に入って来る。

「――アレン、ここは、どこ？」

何をしているの、とは聞きたくなかった。

聞きたくない答えが返って来るのが想像できたからだ。

「地下牢です。もうずっと昔に作られて……旦那様もご存じではなかったかもしれません。昨年、偶然に見つけてしまいまして――使われていないようでしたので、綺麗に掃除をして、部屋を整えておきました」

にこりと笑うアレンはいつも通りに見える。けれどそれが、逆に恐ろしく思えて、ジョ

アンナは石の壁に背中をくっつけるほどずり下がる。

できるだけ、部屋の入口にいるアレンから離れたかったからだが、背中に当たったひやりとしたものが、ジョアンナをさらに落ち着かなくさせた。

「厩舎の裏に入口があるんです。草がはびこっているので誰も気づかなかったんでしょう。この部屋を用意するのは、本当に楽しかったんですよ」

「――そ、う」

嬉しそうに笑うアレンにひきつった笑みを返しながら、ジョアンナは落ち着かないと……と必死に自分に言い聞かせ、頭を働かせてみる。しかし動悸は治まらず、狼狽えているせいで目が泳いでしまう。

それに気づいたのか、アレンが言った。

「ちなみに、ここは元々窓がなく、入口も塞いでしまったので、叫んでも誰にも聞こえないのでご安心を」

「――――」

いったい今の言葉のどこに、安心する内容があったというのか。

試しに叫んでみたいが、ジョアンナの喉は震えていて、上手く声が出て来ない。

どうにか……どうしたら――

必死に考えていると、燭台の蝋燭の煙が部屋の外、廊下の向こうに流れているのに気づ

いた。

入口を塞いでも、どこかに空気の通る場所があるのだ。

そう思うと、幾分か落ち着くことができた。

落ち着いて――落ち着いて。

きっと、すぐに見つけてくれる。

こんなこと、ジョアンナは慣れている。

信頼していた相手に――裏切られることも。

しかし、ジョアンナはもう子供ではない。

ただ、泣いて諦めて、すべてを受け入れて暗闇に落ちることしかできない子供ではない。

――そうだ、私はもう、子供じゃないんだ。

何度も深呼吸をして、震える手を握りしめて、どうにか理性にしがみ付く。

「……みんなは、どうしているの？」

「お嬢様を探しておりますよ」

何が面白いのか、アレンは破顔して答えた。

「――皆、見当違いの場所ばかりを探していて……ああ、もう夜なのですが、領兵に馬を貸して、国境のほうにも向かわせたようです。まったく馬鹿ばかりでどうしようもないですね」

馬鹿というのなら、この場所で一番の馬鹿はアレンだ。

「あんな場所を探しても、意味はないのに……カリナなど、この世の終わりであるかのように取り乱しておりますよ。まったくあれでお嬢様の侍女とは情けない」

「――カリナのことを悪く言わないで！」

上機嫌のアレンを、できるだけ怒らせないように、時間を稼いだほうがいいと思っていたけれど、大事な侍女のことを侮辱されると黙っていることなどできなかった。

笑っていたアレンは、ジョアンナの怒りを聞いて真顔に戻っている。

「――お嬢様、カリナなど、一時のものですよ」

「何を言っているの……？」

アレンは持っていた燭台をチェストの上に置き、ゆっくりとジョアンナに近づいて来る。

そして寝台の前に来て、膝をついた。

「これからは、私がずっとお側におります。もう他の愚か者どもに手出しをさせたりはしません。私がずっと、お護りいたします」

「貴方が――護るなんて言わないで!!」

こんな人が、護るという意味を理解できているとは思えない。

護られて来たジョアンナは、その意味を誰よりもよく知っている。

絶対に、アレンなどが使っていい言葉ではない。

「お嬢様……おいたわしい、あの男に惑わされていらっしゃるんですね、ご結婚されてから、お嬢様は変わってしまわれた……旦那様が生きておられたら、こんなことにはなっていなかったでしょうに」

ジョアンナの声は、アレンにはまったく届いていないようだった。

やはり、同じなのか。

顔を見られてはいないのに、ジョアンナは人を狂わせてしまう魔物か何かなのか。

「外は危ないと言うのに、勝手に出てしまわれるし、私の言うことをお疑いになるなんて、あの男に洗脳されたんですね？　まったく忌々しい男です。どう処分してやりましょうか」

「――――」

だめ。

彼に、手を出さないで。

そう言いたかったけれど、目の前の男をさらに煽ってしまう気がして声を上げられなかった。

「そもそも、お嬢様を娶るなど……それだけでもおこがましいのに、お嬢様にお子を産ませようだなんて……ですが」

アレンは、途中で表情を改める。

また、嬉しそうに笑っていた。

「お嬢様、もしや、だからあの色合いの男を選んだのですか？」

「――え？」

何を言っているのかまったくわからず戸惑うと、さらにアレンが近づいて来る。

「お子が欲しいとお嬢様が願うのなら、その望みを叶えるのが私の務め――私の子であっても、おかしくないようにあの男を選んだのですね？」

「――は？」

「できる限り、お嬢様を傷つけることなく、お護りしたいと思っておりましたが……お望みとあらば、務めと思い、誠心誠意、努力したいと思います」

「――ッ」

彼の手が、ジョアンナに迫る。

壁際ギリギリまで逃げているから、後はない。

どうすれば、どうしたら、とジョアンナは必死に考えて、ふとディレストの言葉を思い出した。

彼の厳しくも、優しい声を思い出す。

彼は――なんと言っていた？

「――アレン！」

頭に思い浮かべるのと同時に、ジョアンナは強く名前を呼んだ。

びくりとアレンの動きが止まる。

その隙にジョアンナは立ち上がり寝台から下りる。

アレンをじっと見つめたまま、ジョアンナはゆっくりと仮面を止めていた紐を緩めた。

するり、と仮面はなんの抵抗もなくジョアンナの手に落ちた。何も隠すものはないのだと、自分は決して誰かに貶められるだけの子供ではないのだと、まっすぐにアレンを見た。

心の中で彼の名前を呼びながら。

アレンはひどく驚いた顔をしていた。

だが次の瞬間には、喜びに満ちた笑みを浮かべている。

その顔に、ジョアンナは嫌悪しか感じなかった。

「アレン、ここから私を出しなさい」

「――ですが、お嬢様は……」

「お黙りなさい！　貴方に口答えを許してはいません。私に、従いなさい！」

これほどまでにはっきりと、誰かに何かを強いたのは初めてかもしれない。

それくらい、ジョアンナはアレンに強く命じた。

迷わず、跪いたアレンを真っ黒な瞳で睨み付けると、アレンは狼狽えた様子で目を彷徨わせ、だが結局はジョアンナの強い視線に耐えきれず小さく頷いた。

「――はい、お嬢様」

それに安堵したのは、ジョアンナのほうだ。

――できた。

私の顔は、人を狂わせるものじゃない。

ジョアンナは自分の持つ力に、そしてそれを教えてくれたディレストに心の中で感謝した。そしてとにかく、ここから脱出しなければ、とジョアンナは鉄格子の扉から出ようとして、目の前に影があるのに気づいた。

まさか他に誰かが、と身体を強張らせるが、そこにいたのはジョアンナの心にいつの間にか棲みついて、力をくれた人だった。

「お疲れ、ジョアンナ」

「――ディレスト、様」

いったい、どうしてここに――

ジョアンナは目を丸くするが、後ろにいたアレンのほうがもっと驚いたようだ。

「どうして――ここは私しか知らないはず――」

「僕の侍従はどんな扉も開けられるという不適切な特技を持っていてね。後はお前が居場所を教えてくれるために、動くのを待つだけだったんだが――なかなか動いてくれなくて、やきもきしたよ」

アレンは先ほど、ディレストのことを馬鹿にし、見下していたが、ここにきてその彼の手のひらの上で踊らされていたのだと知り、呆然としているようだった。

ジョアンナにしても、素直に納得できないところがある。

ジョアンナを攫ったのがアレンだと気づいていたような口ぶりだったからだ。

それなら、どうしてもっと早く――

そう思ったところで、ジョアンナは動けなくなった。

「――動くな！」

真後ろにいたアレンに拘束された、と気づいたのは耳に声が届いてからだ。

「さもないとお嬢様が――」

しかし、それ以上は聞こえなかった。

どん、と突き放されたような衝撃に倒れそうになり、ジョアンナは咄嗟に格子を摑む。

何が起こったのか、と振り向けば、ディレストがアレンの顔を摑み、壁に押し付けながら床に引き倒していた。

「――何を勝手に、僕の妻に触れているんだ？　誰が許可を出した？」

にこやかに笑っているが、ジョアンナもぞっとするような冷ややかな声だった。

「う、う……っ」

顔を押さえられ、首を押さえられたアレンが苦しそうに呻いているが、ジョアンナは驚

きのあまり何も言えず、動くこともできなかった。

この一瞬のうちに、いったい何が起こったというのか。

「ジョアンナ様、大丈夫ですか？　お怪我は？」

固まったままのジョアンナに声をかけたのはクラウスだ。

侍従は、心配そうにジョアンナを見ているが、そんな場合でないことはディレストを見ればわかるはずだ。

「あ、あの……あちらが」

「ああ、あれくらいでは人は死にませんから」

好きにさせてあげてください、と朗らかに笑う侍従に、自分がおかしいの？　とジョアンナはわからなくなってくる。

しかし、次第にアレンの呻き声が聞こえなくなってくるし、ディレストの力は弱められた様子がない。

さすがにこれはまずいのでは、とジョアンナはクラウスに頼った。

「あの……でも、死んでしまっては、大変だから……」

「――わかりました。ジョアンナ様がそうお望みであれば」

クラウスはなんでもないことのように主人であるディレストの側に寄って声をかけた。

「ディレスト様、そろそろ諦めてください。その男は私が躾をし直します。生きて罰を与

えるように、とジョアンナ様から命じられましたので」

「――ジョアンナが？」

それなら仕方がないとばかりに、ディレストはあっさりとアレンを解放した。

それでもぐったりとしているアレンは、死んだように動かない。

不安になってディレストを見ると、彼は晴れやかな笑顔でジョアンナを促す。

「さぁジョアンナ、外に出るぞ。カリナも待っているし、申し訳ないことにうちの両親まで待っている。口うるさいが、挨拶をさせてやってもらえないか」

「え――えっ!?」

さっきまでの表情とまったく違うディレストに、自分の見間違いかと思って戸惑うが、ディレストの言葉にもっと狼狽えてしまう。

「ご、ご両親？　ディレスト様の――マエスタス公爵が!?」

「そうだ……間の悪いことに、今朝この館に現れてしまっている」

ディレストの言葉を聞いていると、仮にも実の両親なのにあんまりな扱いのような気がする。

当然ながら突然すぎて、会う準備などできていない。けれどあちらにしてみれば、訪れると息子の妻であり領主でもあるジョアンナがいなくなっていて、さぞや心配をかけただろう。そう思うと、早く顔を見せたくもなる。

石畳の通路を歩くと、すぐに階段が見えた。

天井にある扉は開放されていて、夜の色が広がっていた。

ジョアンナはディレストに支えられながら階段を上がり、外に出ると、待ち構えていたカリナに突進された。

「――ジョアンナ様!!」

後ろにディレストがいなければ、ひっくり返っていたかもしれないほどの衝撃だった。

それでも、また会えたことが嬉しい。

「カリナ」

同じ強さで、ジョアンナは抱き返す。

母親のように慕う、大事な人だ。

もう一度会えて、本当に嬉しい。

しばらくぎゅうっとしがみ付いていたカリナだったが、ようやく落ち着いたのかジョアンナを放し、どこにも怪我はないかと確かめながらいつものように捲し立てる。

「まったくディレスト様もクラウスも本当にひどかったんですから。最初こそ慌てた様子だったものの、のらりくらりとしていて探しているような探していないような、いったい何をぐずぐずしているのかとこちらを苛立たせるばかりで。もしかしたらすべてご存じで何かを待っているのでは……と気づいた時は、本当にもうどうしてやろうかと。ロベルト

がいたら一刀両断にさせていましたよ」

それはさすがに止めてあげてほしい。

ジョアンナはそう思いながらも、変わらないカリナについ笑ってしまう。

そんなカリナと、安心させるようにずっとどこかに触れてくれているディレストに付き添われ、ジョアンナは館に戻った。

場所は本当に、厩舎の裏だったのだ。

すぐに館の明かりが見えて、ジョアンナは心からほっとする。

外で待っていた者たちが、ジョアンナの無事な姿を見て喜び笑い合ってくれていた。

見れば領兵だけではなく、領民たちもまざっている。

使用人たちも一瞬驚いた顔をした後で泣き笑いになっていて、こんなにもたくさんの人に気にしてもらえるなんてと思うとジョアンナの心はとても温かくなった。

「――みんな、ありがとう……心配をかけましたが、私は無事です」

声をかけずにはいられなかった。

微笑まずにはいられなかった。

そして微笑んだ分と同じだけ、喜びと安堵の言葉が返されるのが、ジョアンナをさらに嬉しくさせる。

――嬉しい、けど、嬉しいだけじゃ足りないくらい、私は……恵まれているんだわ。

感動したまま館に入ると、すぐに旅装姿の女性に駆け寄られた。

「ジョアンナちゃん！　無事だったの!?　本当に、良かったわぁ」

「うちの愚息が至らなくて申し訳ない。怖い思いをさせてしまったね」

その隣に見知らぬ男性が並んだ。

一瞬誰だろう、と思ったけれど、その言葉に思わず隣のディレストを振り仰ぐ。

「お父さん、お母さん、紹介もなしに突っ走らないでもらえますかね――ジョアンナ、これがうちの両親だ」

放っておいても別に構わないから、と聞こえた声は、きっと空耳だ。

ジョアンナは驚き、そして慌てて、今更ながらに居住まいを正して、精一杯淑女に見えるように挨拶をする。

「初めまして、マエスタタス公爵……ジョアンナ・ベルトランでございます。この度は……」

この度は、なんだろう。

大変ご心配をおかけしました？

息子さんを振り回し、領地まで連れてきてしまい、申し訳ございません？

契約結婚なんておかしなものに付き合わせてしまいまして恐縮です？

どれが正解か、とグルグル考えているうちに、ディレストの母がにこやかに笑う。

「まぁ、なんて可愛らしい。シンディ・マエスタスよ。こっちは夫のパーシヴァル。でも、娘となったのだから、私のことはお義母さんと呼んでほしいわ」

「――――」

そういえば、そうだ。

これまでも母のような存在はいたけれど、義母とはいえ、母を亡くして以来初めてジョアンナにできた、正式な母なのだ。

「私もお義父さんでいい。こんなに可愛らしい娘ができるなんて、昔は想像もしていなかったよ」

パーシヴァルにもそう言われ、ジョアンナは固まってしまった。

嬉しかった。

しかし、この喜びをどう表現すればいいのかわからなくなってしまったのだ。

ディレストに助けを求めようとした時、シンディがさらに笑う。

「驚いた顔も可愛いわぁ、本当に、娘っていいものね」

そう言われて、ジョアンナは今になって初めて、自分の顔に気づいた。

地下牢で落として以来、仮面をつけていないのだ。

もしかして――もしかしなくても、私、ずっとこの顔を晒して!?

そういえば、使用人たちが驚いていたのも思い出す。

狼狽えて顔を隠そうと両手を当ててみても、隠せるものではない。

咄嗟に隣のディレストの背中に隠れようと袖を摑んで後ろに行こうとしたら、腰を抱かれてそのまま隣に固定されてしまった。

「――今更だ、ジョアンナ」

それはそうだけど！　と返したかったが、動揺のあまり上手く声が上げられない。

しかしその場を救ってくれたのも、ディレストだ。

「とりあえず、身を綺麗にしなくては。お父さんとお母さんは、部屋を用意するから今日はもうそこへ泊まってくれ。ジョアンナとは明日の朝にゆっくりと話をすればいい。ジョアンナも部屋に着替えの用意があるから、すぐに湯を使うといい」

それが合図となり、ジョアンナを見守ってくれていたすべての人が思い出したかのように動き出した。


ジョアンナはカリナに準備してもらい、湯浴みにゆっくりと時間をかけた。

先ほどの部屋は一見綺麗だったけれど、カビ臭い匂いが自分に付いている気がしたのだ。

髪も丁寧に洗って、その間にカリナに詳しい話を聞いた。

まず、ジョアンナがいなくなった、とわかってからディレストはまず館中の使用人を集

め、確かめたという。

それから捜索のためにそれぞれに役目を割り振り、自らは領兵の指揮をとり、クラウスも近くの領民たちにまで声をかけて捜索を始めた。

しかし実際は、館の周辺をうろうろさせていたり、国境まで向かわせたはずの領兵は途中で引き返させていたらしい。

時間だけが過ぎて、いつまでたっても痕跡すら見つからないことにカリナは不安でどうにかなりそうだったけれど、やけに落ち着いているディレストたちに気づき、もしかして、と思い始めたようだ。

犯人を知っているのでは、と当たりを付けたカリナはクラウスを確保して吐かせ、アレンが怪しいと知るとそのまま捕まえに向かいそうだったという。けれど、ジョアンナの居場所がわからないし、館中に人がいて、外にも人がいる間はアレンは動けないから、と諭されて、アレンが動き出すはずの夜まで待ったのだという。

「……そういえば、アレンはどうなったのかしら？」

カリナは罰を与えられて当然の男に慈悲はないらしく、肩を竦めた。

「こちらに来る前、クラウスに引きずられて裏のほうへ行ってましたけど、彼が躾し直すというので、任せることにしました」

気づけば、クラウスの敬称がなくなっている。

カリナは黙っていられたことがよほど腹に据えかねたに違いない。

そんなカリナには逆らわないほうがいいと、ジョアンナもただ頷いた。

「そう――まぁクラウスなら、大丈夫でしょう」

大丈夫かしら？　と思ったのはアレンの今後だ。

クラウスは驚くほど優秀な侍従で、いつも主人のために動き、さらに先読みして行動できる使用人の鑑のような男だという。

何度か、ディレストがクラウスに任せておけば大丈夫、と信頼を感じさせる発言をしていたが、ジョアンナも同じ信頼を寄せることにした。

だって錠前破りだってできる侍従だもの――侍従よね？　ただの使用人なのよね？

違う疑問が湧き上がったが、もう考えるのはやめようと頭を振ってそれを飛ばした。

そこで、髪を乾かしてくれていたカリナが微笑んでいるのに気づく。

「――なぁに？」

「……いいえ、ご無事でよかったと、しみじみ思っていただけです」

そこで、カリナにも素顔を見せたことに改めて気づき、今になって狼狽える。

「……その、カリナ――私」

「ジョアンナ様、なんて可愛らしいのでしょう！　こんなにも可愛い娘を持って、私もロベルトも幸せ者ですよ！」

にっこりと、いつもの調子で言ってくれるカリナに、ジョアンナは心にわだかまっていたものが溶けた気がした。

使用人だって、ジョアンナの顔を見ておかしくなってなどいなかった。

ジョアンナの顔が悪いのではない。

おかしな妄想を膨らませる者が、悪いのだ。

ジョアンナの顔は、人を狂わせる何かでは、ない。

そう思うと、ジョアンナは心から笑えた。

「――ありがとう、カリナ。これからも、よろしくお願いします」

＊

ディレストは自分もさっと湯を浴びて身ぎれいにして、楽な服に着替えた。

そしてそのまま、寝室に引き籠っていた。

ジョアンナの部屋ではない。

自分用にと与えられた、アルカナ侯の部屋だった寝室だ。

ジョアンナは無事だったものの、気分はまだ落ち着かない。

アレンがいつか行動を起こすだろうことは、気づいていた。

警戒を怠っていたつもりはないが、動き出すきっかけが何かがわからなかったのだ。

まさかジョアンナが外に出た時に動くとは、予想外だった。

しかし、攫われてからは予想通りだった。

館の警備を手薄にすることで、案の定夜になると動き出した。密かにあとをつけ、クラウスのおかげで地下牢の入口の鍵も開けることができた。

すぐにジョアンナを助けたかったが、できればディレストは、ジョアンナに自ら立ち上がってほしかった。

ジョアンナには、人を従わせる力がある。

そう言ったのは、嘘やおためごかしではない。

ジョアンナならば、アレンくらい対処できるだろうと思ったからこそ、胸糞《むなくそ》悪い男の言い分を陰で聞き続けたのだ。

これを話すと、ジョアンナは怒るかもしれないから言わないでおくが。

そしてジョアンナは、確かに立ち上がった。

ただ――最後に、奴にジョアンナに触れさせてしまったことだけが悔やまれる。

もっと警戒し、さっさと拘束しておくべきだった。

あんな男がジョアンナに触れたかと思うと、こちらの気が触れそうになる。

アレンはジョアンナからの信頼を勘違いし、妄想を抱いたのだ。

ジョアンナは普段、人と関わることが極端に少なく、それなのに頼りにされたことで、自分こそが特別な存在だと思い込むようになったのだろう。あの地下牢を見る限り、アルカナ侯が居た頃から準備をしていたに違いない。

そんな男に気づかなかったとは、切れ者だったアルカナ侯も病で衰えていたのかもしれない。

ディレストが調べたところ、ジョアンナの誘拐事件のほとんどが、アルカナ侯に原因があった。つまり、彼はあまりに一人娘を大事にしていたあまり、身代金目的や脅迫するための材料とみなされた。

それ以外にも、ジョアンナの愛らしさにおかしくなった者もいたのだろうが、「ジョアンナの顔が呪われている」などということは当然ありえなかったのだ。

今回、アレンはジョアンナの頼みで助けてやったが、あのまま殺してしまっても構わなかった。

ただ、クラウスが躾し直すと言っていたから、今回は収めておくことにする。

アレンにとってどちらがましだったのかは本人だけが知ることだ。

そこまで考えたところで、寝室の入口が控えめに叩かれた。

「――ディレスト様？」

顔を覗かせたのは、夜着に着替えてガウンを羽織ったジョアンナだ。

もう、仮面はつけていない。

ディレストは寝台に寝転がりながら、彼女にちらりと視線を向けた。

「……あの、怒って……いるのね？」

ディレストの態度でわかったようだ。

ジョアンナは仮面がない分、しょんぼりとした様子がよくわかる。

しかし、そんな顔にもディレストの意志は揺るがない。

「――君は、僕よりアレンを選んだ」

「それは――！」

ジョアンナは慌てて言い訳を考えているようだ。

「あれは、そういうことではなくて……っ貴方を信じていないわけじゃないの、むしろ、ずっと貴方だけを思っていたからこそ、冷静になるために考えようと……」

自分でも上手くまとまっていないのだろう。

しどろもどろになるジョアンナの言葉にも何も答えないでいると、ジョアンナも黙ってしまった。

「……ごめんなさい、本当に……今日は、助けてくれて、ありがとう」

「君が無事でよかったとは思う。でも、今日は気持ちが落ち着かない。ひどいことはしたくないから、十数える間に出て行ってくれ」

「……っう、うん……はい」

「いち」

「……ごめんなさい」

「に」

「明日は、朝になったら一緒に食事をとってくれる？」

「さん」

「……ごめんなさい」

ジョアンナが背を向けたところで、ディレストは自分でもよくわからない速さで動いたらしく、気づけば寝台に仰向けになったジョアンナの上にいた。

目を丸くしたジョアンナがこちらを見上げている。

「――あの、三つしか、数えていないわ……」

「三つのうちにって言わなかったか？」

「……十って貴方が……」

反論しようとする口を塞ぐ。

閉じられるかと思った唇は、柔らかく開いてディレストを受け入れた。

「ん……っ」

しつこく舌を絡めて、ディレストの唾液をジョアンナが受け入れる頃、糸を引きながら唇を解放した。

すでにジョアンナの頬は上気し、黒曜石のような瞳がとろりと色香を放ち、ディレストだけを見つめている。

「……ひどくしてしまうのは、駄目か」

「…………」

ジョアンナは少し考えているようだったけれど、決心したかのようにディレストを見上げた。

「……貴方なら……ディレスト様なら、ひどくても、いいの。私は、受け止められるように、できているみたい――」

ジョアンナの言葉は最後まで聞けなかった。

また口を塞いでしまったからだ。

細い身体を力いっぱい抱きしめてしまう。

彼女の身体が苦しさで震えるまで、ディレストは止められなかった。

「――んっ」

ディレストはジョアンナを抱いたまま、くるりと回転した。今度は、仰向けになった

ディレストの上にジョアンナがいる。

目を丸くしたジョアンナが可愛らしくて、笑った。

「これなら、僕はあまり好き勝手できない。ジョアンナ、君の好きなようにしてくれ」

「――えっ」

「僕は、この身体は、君のためにある。僕は一生君の下僕だ。君のために生きることが僕の幸せなんだ。それは僕が君を――好きだからだ」

「――――」

目を瞬かせたジョアンナは、次の瞬間、真珠のような涙を零した。

強く吸ったせいで腫れた唇が震えているのは見間違いではないだろう。

ぽたぽた、とふた粒ほど涙を零したジョアンナは、小さく頷いた。

そしてもう一度、大きく頷いた。

「……わたし、私も……子供が欲しいけれど、貴方の子供が、欲しいと思ったの。貴方の子供でなきゃ、嫌だと思うくらい――貴方が、好きなんだと思う」

なんという告白をするのか。

ジョアンナの口からこんな想いが出てくるとは想定外で、ディレストは嬉しくてまた抑えきれなくなりそうだったが、軽い身体をもう一度しっかりと抱きしめることで、なんとか気持ちを落ち着けた。

「――さあジョアンナ、僕の身体は君のものだ。存分に、子供を作るために使ってくれ」

ジョアンナは真っ赤になって小さな握りこぶしをディレストにぶつけてきたが、痛みなど感じない。

「じゃあ……じゃあ、服を脱いで」

「おっと、大胆な奥様だな」

「――っだって！　貴方がいつもしているから！」

そう言ってむくれるが、ジョアンナはディレストに背を向けて自分のガウンを脱ぎ始める。素直な彼女に少し驚き目を瞠ったものの、ディレストも遅れてなるものかとあっという間に服を脱ぎ捨てた。

ジョアンナは夜着の紐に手をかけたところでディレストをチラリと振り返り、すでに準備が整っているのを見て驚く。

「――早いわ……」

「まだ服が残っているようだが」

ジョアンナは慌ててディレストの顔を手で背けさせる。

「あっちを向いていて」

「――了解」

顔を逸らして目を閉じる。すぐにジョアンナが「いいわ」と言うのでそちらを向けば、

自分の身体の上にジョアンナが跨がっているところだった。

「――――」

　これは女神が降臨しているのか。

　細い肩、そこからしなやかに伸びる腕、何度食べても飽きない丸い乳房と、反応のよい小さな臍。柔らかな臀部から伸びる脚は淫らに広げられていて、少ない陰毛に隠れた秘所がディレストの性器にのっている。

「……ジョアンナ、これじゃあすぐに挿れたくなるんだが」

「……挿《はい》るのかしら」

　ジョアンナは自分の下にある硬くなった性器を見て考え込んでいるようだった。

　確かに、愛撫をしていないから少し不安だ。けれどすでに臨戦態勢のディレストとしては、いつ自分が暴走してもおかしくない。理性が少しでも残っているうちに、と思い、ディレストはジョアンナを導いた。

「腰を上げて……手をこっちに」

　ディレストに言われるがまま腰を上げたジョアンナは、ディレストの手に自分の手を絡ませる。

　ジョアンナの身体が浮くと、それに従って自分の性器が起き上がった。そこにそっとジョアンナを下ろしてやる。

「ん……っ」

先端が襞を割り、ずるりと秘所を探った。鈴口が押し込まれたあたりで、ジョアンナの目が不安そうに揺れる。

「……なんだか、濡れている気がするわ」

「僕が濡れているからかもな」

我慢できないものが溢れていても、この状況では仕方がない。

「男の人も、濡れるの？」

「君の中で吐き出しているものはなんだと思っていたんだ？」

正直に答えると、ジョアンナは顔を真っ赤に染める。

その素直な表情に我慢できず、上体を起こして口付けた。

「ん、ん……っ」

そのまま、腰を揺らすように促しながら、自身の昂りをジョアンナの中へ沈めていく。

少し痛みがあるのでは、と心配していたが、予想以上にすんなりとジョアンナはディレストを呑み込んだ。

「あ……っは、あ……っ」

温かく、蠢く襞に包まれて、すでに充分硬くなっていた性器がさらに膨張していく。

ディレストが何もしなくても、ジョアンナは感じてしまっているのか「はぁ」と熱い息

を吐いた。

「ジョアンナ……」

手を一度放し、腰を引き寄せながらディレストはジョアンナの胸に顔を埋めた。

柔らかい。

つんと尖った乳首はディレストのためにあるようなものだ。

「あ、んっ」

甘い声をもっと聞きたくて、ディレストはいつものように、何度も乳房を舐め、甘く食む。

ジョアンナは悶えるように背を反らしながらも、ディレストに手を伸ばしてきた。

「あ、ああんっ」

「ジョアンナ……っ」

引き寄せられたら、じっとしてなどいられない。

ディレストは下から突き上げるように腰を揺らした。

自分の上で踊るように喘ぐジョアンナは、本当に綺麗だった。

ディレストは寝台にもう一度背を付け、ジョアンナを座らせたまま手を握る。

そのまま、何度も下から突き上げた。

「あっあっあぁんっ、や、あぁあっ」

ジョアンナの中が潤って、ディレストはさらに加速する。

性器の質量は瞬く間に増していき、最奥を突くたびに弾けそうだった。

「……ああ、ジョアンナ」

「ディ、ディレ、スト、さまぁ……っちょ、ちょうだい……っ」

それが我慢の限界だった。

そんな甘い声で強請られたら、ディレストは呆気ないものだった。

ぐっと強く、奥に突き上げると、ジョアンナの中を己の白濁で濡らしてしまう。

「ん……っ」

吐き出される瞬間が慣れないのか、震えるジョアンナが愛しい。

だが、ジョアンナはまだ達していない。

まさかこの僕が先にイかされるとは――

これは挑戦と受け取って、いいのだろう。

ディレストは腹筋だけで身体を起こし、そのままジョアンナを後ろに倒した。

「……えっ」

ディレストは深く息を吐き、呼吸を整えると、汗に濡れた前髪をかき上げてジョアンナを覗き込む。

「――さあジョアンナ、準備はいいな？　ここからは、僕が君を愛でる番だ」

「え……っえっと、あの……ま――」

ジョアンナの声を、唇で奪った。

＊

ディレストに対して、ジョアンナがいつも受け入れる準備ができているのは嘘ではない。

だから本気で、どう扱われてもいいとも思っていた。

「あ、あ、あぁんっ」

しかし、これはどうなのか――

ジョアンナの脚を開き、その間にディレストの顔が埋まっている。

隠そうにも、ジョアンナの抵抗などディレストにはないも同然のようだった。

ディレストの舌が、生き物のようにジョアンナの襞を割り、中まで潜り込んだと思えば、浅い場所を啜《すす》る。

それから、見つけた花芽を舌先で擽り、長い指で自分の吐き出したものを掻き出すかのように抜き差しし、ジョアンナがおかしくなってしまう場所を見つけては執拗に責める。

「ん、んぁ、あああん！」

もうジョアンナには、それに対して喘ぐことしかできない。

やめて、と言うには、あまりに気持ちよすぎる。

怖いと思うけれど、それと同じだけ気持ちがよいのだということを、ジョアンナはもうわかっていた。

でも、このままじゃ——おかしくなってしまいそう。

ジョアンナは、初めて他人に狂うという意味を知った気がした。

これ以上は駄目だと首を緩く振り、少し動きを抑えてほしくてディレストの蜂蜜色の髪に指を絡める。

思った以上に、柔らかかった。

頭を上げてほしくて手を伸ばしたのに、その心地よさにずっと絡めていたくなる。

髪をかき上げる彼を見た時から、この髪に興味はあった。

そこに触れることができて、ジョアンナは落ち着かなくなる。

「んんんっ、あ、あ、あんっ」

じゅく、とわざと音を立てて吸われ、思わずぎゅっと髪を握り込んでしまうが、ディレストは怒らなかった。

彼は秘所からゆっくりと顔を離すと、糸を引く唇を舐めとり、ジョアンナを見つめてく

る。

――そんな、顔をしないで……！

もっとおかしくなってしまいそうで、ジョアンナは怖くなった。

「――なればいい」

「――えっ」

心を、読まれたのかと思った。

しかし怖いくらいに真面目な瞳がジョアンナを射貫いていて、それが嘘ではないとわかってしまう。

「僕に、狂ってしまえばいい」

ディレストは、ジョアンナの心がわかるのだ。

いったい、どうして――いつから、そんなにジョアンナを知ってしまっているのだろう。

けれどこれ以上ディレストに知られてしまうと、本当に壊れてしまいそうだと、ジョアンナは思わず自分の心を護りたくなった。

「――だめだ」

しかし、ディレストはジョアンナのそんな気持ちもお見通しらしい。

「ジョアンナ」

「あ、あ、あぁぁっ」

ジョアンナの片脚を大きく広げ、ディレストはやすやすと身体を繋げてくる。

貫かれているのに、それが自分の中にあることを身体が満足してしまっている。

本当に、彼はどこまで自分を変えてしまうのだろう――

ジョアンナはますます怖くなってしまう。

仮面を付けて、王宮の深くに引き籠り、護られていることに安堵しながらも必死で大人になったと思い込んでいたジョアンナ。

父からの遺言を淡々と受け入れているつもりだったのに、それに心が傷ついていたジョアンナ。

そんな自分に気づくのが嫌で、必死に見ないふりをしていた、子供だったジョアンナ。

しかしそれを変えたのが、ディレストだ。

ジョアンナはもう、護られているだけの子供ではない。

ひとりで立てる大人であり、仮面なんて付けなくても、外を歩いても誰にも邪魔されることはないのだ。

呪われた顔を、ずっと恨めしく思っていたのに、呪われているのは顔ではないと、ディレストは教えてくれた。

今のジョアンナは、ディレストでできているのかもしれない。

そう考えれば、ディレストに狂ってしまっているのかも、と怖くなるのも当然だった。

狂ってしまうことが、怖い。

ディレストに溺れてしまうことが、怖い。

そんな自分を、ディレストがどう思うかが怖い――

だがジョアンナがそうして咄嗟に心を護ってしまうのを、すべてを知るディレストが許すはずはなかった。

「ジョアンナ」

「あぁぁっ」

一際強く、最奥まで突き上げられ、ジョアンナの全身が粟立つ。

この腕が、この肌が、この熱が、離れてしまうことが怖い。

知らず、涙が溢れていたジョアンナを、ディレストが覗き込む。

「余計なことは考えるな――君は、僕のものだ。僕が君のものであるように。嬉しさも、喜びも、楽しさも、悲しさも悔しさも怖さも――すべて僕のものでいろ」

「――――っ」

息を呑んだのと同時に、涙が止まった。

まっすぐにジョアンナを射貫くディレストの強い瞳は、ジョアンナを死ぬまで逃さないと告げているようだった。

「――心ごと、抱かせろ」

「ん……っ」

驚きで固まった感情が綻びて、また涙が零れた。

今度は、完全なる歓喜からだ。

返事の言葉が紡げなくて、ただひたすら頷いた。

その動きで目尻に零れていってしまったが、ディレストがそれを何度も舐めとってしまう。

「――僕のものだ」

「あ、あ、あぁぁんっ」

ジョアンナはそこからの記憶が曖昧になった。

それほど、ディレストの想いは強かった。

そしてジョアンナは、それを受け入れたのだ。


その夜、ディレストは朝までジョアンナを貪り、案の定、彼女は朝に起きられなかった。

せっかちな彼の両親はそんなジョアンナに同情しつつも、王都へと旅立って行ったという。

それを後で教えられたジョアンナはしばらく怒っていたが、その怒りすら可愛いと堂々と言ってのけるようになったディレストにはなんの効果もないようで、ジョアンナはそれ

が憎たらしかった。

好きだけど、憎たらしい。

こんなにも、自分の感情を振り回すディレストが、本当に憎い、とジョアンナは最後には笑ってしまった。

終章

収穫祭は賑やかなものだった。

まるで全領民が集まったような賑わいで、皆に用意していた食事はまったく足りず、近隣の者にも助けられたが、それでも足りたかどうかはわからなかった。

ベルトラン領は、前領主が病死したため、一度は沈んだ雰囲気に包まれていたが、すぐに新領主として一人娘であるジョアンナが領地に戻り、滞りなく治めていた。

若く美しい新しい領主は、前領主と同じように領民に寄り添い、優しく頼もしいと評判だ。

収穫祭では、その配偶者となった者も紹介され、さらには後継者もすでにお腹にいると知らされれば、領民の盛り上がりはとどまるところを知らなかった。

「そりゃあね、あれだけ毎日執拗にされていたんですから、子供ができても当然のことだと思いますけどね、月のものが来ていないというのに念のためだと延々と――」

ジョアンナが妊娠しているとわかったのは、ディレストと結婚して二月にもならない頃だった。

カリナが言うには、恐らく最初の頃の性交でできていただろうが、兆候がなくてわからないだけだったらしい。

子供ができないと言って駄々を捏ねるように拗ねていた自分が恥ずかしい。

妊娠がわかると、ディレストの態度は一変した。

安静にしなければと言って、今まで以上に過保護になり、ジョアンナにペンひとつ持たせようとしなくなった。

少々鬱陶しい、とジョアンナが思っても仕方ないほどだ。

カリナは正直に言ってやればいいんです、と言う。

カリナは、王都に帰る準備をしていたが、結局ジョアンナの妊娠がわかり、落ち着くまで――とずるずる居続け、収穫祭が終わるまでこちらに留まることになった。

しかし、出産する頃にはまた来てくれるという。

これまでも散々助けられていたが、これからも助けられるだろう。

早く彼女を安心させたいと思いながらも、「子供のことはいくつになっても構いたいし、心配なんです」と言われてしまうと、甘えるしかない。

ディレストは、悪阻《つわり》で苦しむジョアンナに代わり、領主の仕事をしている。

それはもう、見事な采配で、領地を持っていない公爵家のはずなのに、いったいどこで勉強したのだろう、とジョアンナが不思議に思うほどだった。

ジョアンナがアレンに攫われた一件が落ち着いた後、ジョアンナは領内で嘆願書が出ていることをディレストに教えられた。

いったいどうしてアレンはそんなことを黙っていたのか、と思ったが、彼なりに言い分があったようだ。

『ジョアンナ様はご領主となられたばかりで一番大変な時でした。そんな時に些事でお心を煩《わずら》わせてはならないと愚考したのです。本当にわたくしめは愚か者でございます。どうぞ卑しいわたくしめを思う存分罵《ののし》ってください。わたくしめは一生、ご領地のために這いずりまわって生きる所存でございます……』

本当にそんな理由で？　とアレンの説明に怒りも感じたが、それよりも、あの慇懃な態度を崩すことのなかったアレンの変わりように顔を青くしてしまう。

――いったい、彼に何が起こったの!?

ディレストはクラウスに躾を任せている、と言っていた。

ジョアンナは、きっと聞かないままのほうがいいこともあると、卑屈になってしまった元執事からそっと目を逸らした。

クラウスは「こういうことには慣れておりますので、ご安心を。もっと従順になりますよ」と笑顔で言うので、アレンのことは彼に任せ、ジョアンナはまた領地のことだけに集中することにした。

ジョアンナの身体は安定期を迎え、庭に出て、領民たちと一緒に収穫祭を祝っても問題はなくなっている。

仮面はもう付けていなかった。

綺麗だとは言われるが、おかしくなる者はどこにもいない。

それはジョアンナの視線が、いつもひとりの男に向かうせいもあるのかもしれない。

そしてジョアンナが見つめるその男も、事あるごとにジョアンナを見つめていた。

たびたび視線は絡み合い、ふたりは笑い合う。

そんな姿を見せつけられて、仲を引き裂こうと思う者も、邪魔をしてやろうと思う者もいないようだ。

楽しい――幸せ。

ジョアンナが笑顔になっていると、いつの間にか後ろにきていたディレストが抱きしめ

てくれる。

「――嬉しいか、ジョアンナ？」

楽しいではなく、この気持ちを正確に当てられて、本当にディレストはジョアンナの心を読んでいるのでは、とますます感じてしまう。

ジョアンナよりも、ジョアンナのことに詳しい。

「すごく、嬉しい」

「そう、でも……あまり遅くならないように、先に引き上げても？」

安定期に入っているとはいえ、無理は禁物だと言われていた。

ジョアンナはディレストの進言に従い、周りに挨拶をしてふたりで領主館に戻った。

部屋に入って休むのかと思っていたら、ディレストにまた後ろからきつく抱きしめられる。

「――知っているか、ジョアンナ？　安定期になると、激しくなければ、身体を繋げられると」

「――――っ」

そんなこと、知っているはずがない。

だがこの状況を見て、何が起こるか理解して、顔を真っ赤に染めた。

「ま、まっ……っあの、でも、赤ちゃんが……っ」

お腹にいるのに、本当に大丈夫なのだろうか、と心配になるのは無理もない。

しかしディレストはにこりと笑った。

「問題ないね。——君も、僕たちが気持ちいいと、楽しいだろう？」

最後はジョアンナのお腹に向かって囁かれ、子供になんてことを言うのかと手を振り上げる。

しかしそれは途中で止められて、そのまま文句の声さえ奪われた。

「——ジョアンナ、子供、たくさん作ろうか」

「——」

甘い声に、ジョアンナは何も返すことはできなかった。

ただ反論はないから、ディレストを受け止める。

——本当に、幸せで、困る。

幸福に包まれて、ジョアンナはディレストとずっと笑い合っていた。

＊

ベルトラン領からの報告書を読んで、国王はひとり、小さな燭台だけの明かりで、机の引き出しにいれてあった手紙を取り出した。

昔から、端的に説明を終わらせる男だった、と王は在りし日の彼を振り返る。

明かりにかざして見ても、その文は短かった。


ジョアンナの結婚相手は、ディレスト・マエスタスを指名する。

理由は伏せ、しばらくしてふたりの結婚が上手くいっているようなら、以前に記した遺言は破棄するように伝えること。


ジョアンナを、頼みます。


宛名も署名もない短い手紙だ。

けれど誰が誰に書いたのかは、よくわかっている。

そしてこの男も、王にだけわかるようにと書き残したのだろう。

だがまさかジョアンナとディレストの結婚が、上手くまとまるなど、命令した自分でも想像していなかった。

上手くいかなくても、遺言通り後継者さえ見つければジョアンナの好きにさせようと勝

手に思っていた。

遺言書にあった最後の条件は、「後継者」とだけあり、それが「ジョアンナの子供であること」とは記されていなかったのだ。

それはジョアンナにとっての逃げ道だったのだが、素直な少女は、抜け道があるなど想像もしなかったのだろう。

そんなところも妹のように慈しんでいた。


しかし、蓋を開けてみればどうだろう。

おしどり夫婦と名高い騎士団長夫婦に勝るとも劣らぬ熱愛ぶりに、王でさえ苦笑してしまうほどだった。

この結果がわかっていたなら――

王は途中まで考えて、もちろん、この結果は考えていたはずだとその男を思い浮かべる。

なにしろ、知略策謀で知られた名宰相だったのだから。

彼は、最初にジョアンナを攫った男、少年だったディレストをずっと見ていたに違いない。正しく「放蕩者」だったディレストのその行動は、王位を望まぬ者と周囲に知らしめる意味も含まれてのことだったが、それを知る者は限りなく少なかったはずだ。

彼は実は一途な性格だ。ジョアンナと出会い、弱冠十歳で結婚するのだと宣言した時、

大人は誰も本気にしなかった。子供の気まぐれだと思っていた。

だが彼は本気だった。

自分の運命の女性を知っていたのだ。

そのディレストの本質を、もちろん見抜いていたのだろう。

だからこそジョアンナと強引に引き合わせた——

心配するあまり、檻で囲うように育ててしまった娘への、贖罪であったのかもしれない。

いつも冷静で、切れ者と呼ばれた男でも、親となればまた違ったのだろう。

きっとディレスト以外の誰にも、ジョアンナをあんなに輝く女性に戻すことは無理だった。

——あの、ふたりがなぁ。

王は楽しそうにひとしきり笑って、燭台の火に短い手紙をかざした。

すべてが燃えてしまう頃、王は燭台の火を消して部屋を後にした。

あとがき

初めましての方も改めましての方も、この本を手にしてくださってありがとうございます。雷が鳴るとびくっとしてしまう今日この頃、な秋野《あきの》です。

雷……雷はだめです。

どうしてあの日、私は雷が鳴っているのに平気でパソコンをつついていたのか……！

バチッとなった瞬間の呆気なさと、その直後に背中がひやぁ～としたのを、今でも……ブルブル。

パソコンは戻ってきます。買い直しましたが。

ＵＳＢメモリも戻ってきます。買い直しましたが。

しかし、データは……！　データだけは戻ってこない!!　買い直せない！　なんで？

あれほどの衝撃、何度目でしょう……しかもほとんど書き終えていた話が一瞬で消えたあの衝撃。

記憶には残っているので、もう一度書けばいいのよーと思って気持ちを前向きに（無理やり）してみたものの、内容が違っている……のはどうしたことか？

どうした？　ディレスト、そんな感じだったか？　ジョアンナ大丈夫か？　とか首を傾げる日々。それが終わってようやく一冊になった喜び！

解放感に溢れております。

が、今回も担当様に本当に、ほんっっとうに、ご迷惑をおかけいたしました！　毎度毎度言ってるようですが、毎回思ってます。ありがとうございます！　貴女様がいなければ、私は私ではいられないと思っています。

そして麗しいヒーローたちを描いてくださったアオイ冬子《ふゆこ》様！

いやだこんな格好いい人があんなことやこんなことを……！　さらにはナルシストに！　はまってる！　とによによしてテンション上がりました。嬉しくて堪りません！

自分の白黒の世界に華が咲いたようになるイラストたちには、毎度感激しっ放しです。本当にありがとうございます。

最後に、この本を手にしてくださる皆様に。

皆様がいなければ、私はただの妄想野郎です。ありがとうございます！

美貌を見せつけるのを惜しまない自意識過剰なヒーロー、書いていてこんなにも気持ちよかったことはないです。脇役スキーは健在ですので、脇役も目立ってしまったかもしれませんが……可愛くて怖がりで、そして強がりなヒロインも大変好みでした。

好きなことばかり書いて本当に大丈夫だろうか、とちょっと正気に返ったりしますが、私の好きなものを、皆様も一緒に楽しんでもらえたら幸いです。

秋野真珠《しんじゅ》

この本を読んでのご意見・ご感想をお待ちしております。

◆ あて先 ◆

〒101-0051
東京都千代田区神田神保町2-4-7 久月神田ビル
㈱イースト・プレス　ソーニャ文庫編集部
秋野真珠先生／アオイ冬子先生

放蕩貴族《ほうとうきぞく》の結婚《けっこん》

2018年11月4日　第1刷発行

著　　者　秋野真珠《あきのしんじゅ》
イラスト　アオイ冬子《ふゆこ》
装　　丁　imagejack.inc
D　T　P　松井和彌
編集・発行人　安本千恵子
発　行　所　株式会社イースト・プレス
〒101-0051
東京都千代田区神田神保町2-4-7 久月神田ビル
TEL 03-5213-4700　　FAX 03-5213-4701
印　刷　所　中央精版印刷株式会社

ISBN 978-4-7816-9635-5

Sonya ソーニャ文庫の本

とても美しいな、君の骨格は。

「では、役所へ行きましょう」有名企業の御曹司で大学教授の名城四朗から、突然プロポーズ(?)をされた、地味OLの松永夕。直球すぎる愛の言葉は、恋を知らない夕の心を震わせる。彼の劣情に煽られて、やがて、情熱的な一夜を過ごす夕だったが、ある事実を知ってしまい…!?

『天才教授の懸命な求婚』 秋野真珠

イラスト ひたき